ZEITFENSTER

Andreas Degkwitz

ZEITFENSTER

Roman

Bibliografische Information der Deutschen Nationalbibliothek:
Die Deutsche Nationalbibliothek verzeichnet diese Publika-
tion in der Deutschen Nationalbibliografie; detaillierte bibliografische Daten sind im Internet abrufbar über
http://dnb.dnb.de.

Cover mit Fotos: Ragnhild Münch

Lektorat: Barbara Herrmann

Verlag: BoD · Books on Demand GmbH, In de Tarpen 42,
22848 Norderstedt, bod@bod.de

Druck: Libri Plureos GmbH, Friedensallee 273, 22763 Ham-
burg

ISBN: 978-3-7583-8813-2

Ein See

Der See war vielen ein Lebensmittelpunkt, die die Stadt bewohnten – mittelgroß mit fast 100.000 Einwohnern. Wie auch immer schienen sie mit dem See zu tun zu haben: Hier hatte Wichtiges begonnen oder war zum Ende gekommen. Doch am See fanden nicht nur Anfang oder Ende statt. Vielmehr geschah dort auch meistens das, was dazwischen lag oder noch nicht offenbarte, ob es ein Anfang oder ein Ende war oder werden würde. Dies war jedoch den Menschen, die der See in seiner Art beschenkte, meistens nicht bewusst. Bei gutem und bei schlechtem Wetter, mit Sonne, Regen, Schnee und Wind, mit Frühlingsblumen, Sommergras und Schilf, Herbstlaub und dunklen Nadelbäumen, mitten im Vogelgezwitscher, Grillenzirpen, Krähenschreien und bei vielen anderen Geräuschen, die das Leben an und um den See herum ausmachten: Für jede und jeden war etwas dabei. So war der Hintergrund für alles, was am See geschah, der sich als ein Ressort der Vergangenheit erwies. Das war er jedenfalls für diejenigen, die behaupteten, etwas am See erlebt zu haben, was ihnen wichtig war.

Der See war nicht sehr groß. Nicht rund, sondern länglich schlängelte er sich fast fünf Kilometer durch dichten Laub- und Nadelwald. Ein breit angelegter Fußweg führte rund um ihn herum und ließ gut spazieren gehen. Oft wirkte der See wie ein Brennglas für die Erinnerungen an das Leben derer, die zu seinen Freunden zählten. So ging es auch Richard der nach 25 Jahren Mitte der 2010er Jahre wieder an seinen See gekommen war. Richard war 55 Jahre alt, groß von Gestalt mit breiten Schultern, jugendlich wirkten seine dunklen Locken, große blaue Augen hatte er, zierlich geschnitten waren Mund und Nase. Rechtswissenschaft hatte er studiert und war mit der notwendigen Begabung und einigem Fleiß Richter geworden – nach seinem Jurastudium kam nichts anderes für ihn in Betracht. Die ersten drei Semester hatte er noch in seiner Heimatstadt studiert, in der es eine kleine Hochschule gab, bis er Nicole auf einer Party kennenlernte, die ebenfalls Jura studierte, aber weit weg in einer großen Stadt beheimatet war. Sie genoss die schmucke, kleine Stadt und ebenso wie Richard den See, wollte aber wieder in ihre große Stadt zurück; dort erhoffte sie sich bessere Karrierechancen. Nicoles Absicht, in der großen Stadt ihr Studium fortzusetzen, beeindruckte Richard; er zog in Betracht, seine Heimatstadt zu verlassen und sein Studium dort mit Nicole und allerlei Karriereabsichten fortzusetzen.

Richards Vater war Direktor des humanistischen Gymnasiums und in der Stadt durchaus bekannt. Richards Mutter hatte nicht studiert und nie in ihrem Beruf als Kindergärtnerin gearbeitet, sondern bestritt über häusliche Pflichten hinaus wesentlich das gesellschaftliche Leben, das nach ihrem Empfinden unbedingt zu einem Leitenden Gymnasialdirektor gehörte. Zwei deutlich – 9 und 7 Jahre - ältere Schwestern, Marie-Luise und Katharina, hatte Richard, die sehr gut in der Schule waren, doch nach dem Abitur jeweils eine Ausbildung machten, um bald für eine Eheschließung bereit zu sein und selbstverständlich zügig Mutter zu werden. Marie-Luise, die ältere, wurde Krankengymnastin im städtischen Krankenhaus, Katharina wurde bei einer Werbeagentur tätig, die sich neu in der Stadt niedergelassen hatte. Beide Schwestern galten als ausgesprochen gesellig und waren ungewöhnlich hübsch. Richard war als Nachzügler sehr viel jünger als sie und ging mit seinem Studium ganz andere Wege, obwohl sein Abitur nicht so gut wie das seiner beiden Schwestern war. Außerdem wollte er sich offenhalten, seine Heimatstadt aus Gründen des Studiums und wegen neuer Herausforderungen zu verlassen und in eine größere Stadt zu ziehen; das wäre für Marie-Luise und Katharina überhaupt nicht in Frage gekommen. Richards Freundin Nicole, zu Studienzeiten in seiner Heimatstadt und später seine Frau, ebnete ihm diesen Weg; sie kam ja aus einer großen Stadt und wollte dorthin wieder zurück.

Der Vater Richards hieß Hermann und stammte aus der Stadt, in der er sich als Direktor des humanistischen Gymnasiums einen Namen machte; er war ein großer, starker Mann mit breiten Schultern, die einen großen, schmalen Kopf trugen mit kurzem, grauem Haar und dunkelblauen Augen. Eine tiefe unüberhörbare Stimme hatte Hermann, die seinen Anspruch unterstrich, eine Autoritätsperson zu sein. Dazu gehörten auch seine Hände, die Pranken glichen, aber Vertrauen weckten, wenn er jemanden mit Handschlag begrüßte. Über das Gymnasium hinaus genoss Hermann in der Stadt und in der Region hohen Respekt.

Als älterer zweier Geschwister wurde er Anfang der zwanziger Jahre geboren; er hatte eine jüngere Schwester und einen sehr viel älteren Halbbruder aus der ersten Ehe seines Vaters. In den äußerst bewegten Zeiten nach Ende des ersten Weltkriegs und zu Beginn der Weimarer Republik arbeitete Hermanns Vater in der Verwaltung der Stadt, die die Heimat Richards und seiner Schwestern war. Dass Hermann ein Studium absolvierte, Lehrer wurde und schließlich leitender Direktor eines Gymnasiums war, hatte vor seinem familiären Hintergrund niemand für möglich gehalten. In der zweiten Hälfte der dreißiger Jahre war es mit den vibrierenden Gefühlen der „Roaring Twenties" lange vorbei, die Nationalsozialisten hatten die Macht übernommen und duldeten weder Widerspruch noch abweichendes Denken und Handeln. Hermann schloss mit der Schule ab, musste ein Jahr lang zum Arbeitsdienst auf ein pommersches Landgut, um bei der Ernte von Kartoffeln und Zuckerrüben zu helfen, und im Anschluss daran trat er seinen Wehrdienst an. Er meldete sich bei der Marine, bei der er sich im Fall eines Krieges weniger gefährdet sah und sicherer fühlte. Doch das war ein Irrtum. Nach Ausbruch des Krieges war auch die Marine bald im

Einsatz. Hermann wurde einer U-Boot-Besatzung zugeordnet, die viel Disziplin verlangte.

Die Schrecken des Krieges wie die der Terrorherrschaft des Dritten Reiches warfen Hermanns Leben durcheinander und raubten ihm den persönlichen Kompass zu seiner geistigen Orientierung. Ein heftiger Fliegerangriff hatte den Hafen, in dem er stationiert war, ein halbes Jahr vor Kriegsende getroffen. Dem sicheren Tod war er entgangen, da er den Bunker zum Schutz vor den Bomben rechtzeitig erreichte. Doch zahlreiche Kameraden lagen tot und zerfetzt von Granaten auf dem Hafengelände. Als Hermann aus dem Schutzbunker wieder auftauchte, konnte er den Anblick, der sich ihm mit den vielen gefallenen Freunden der vergangenen Kriegsjahre bot, kaum ertragen und brach in Tränen aus. Bald erreichte ihn noch die Nachricht, dass Verwandte von ihm wegen Hochverrat im Zuchthaus saßen, und auch sein Vater unter Beobachtung der Geheimpolizei stand. Das löste bei Hermann furchtbare Ängste aus, die ihm erst das Ende des Krieges und der Gewaltherrschaft nahm, die sein Vater und seine Verwandten überlebten.

Nach verlorenem Krieg und zwei Jahren in britischer Gefangenschaft versuchte er schwer traumatisiert, in ein ungewisses Leben in Freiheit und Frieden zurückzukehren. Sein Ehrgefühl hatte er verloren. Am Boden war er zerstört. Wie konnte er sich wieder aufrichten? Er heiratete Theresa, die Tochter eines vermögenden Bauern, dessen Familie Krieg und Terror einigermaßen gut überstanden hatte und in der harten Nachkriegszeit nicht an Hunger leiden musste. Das rettete Hermann vor großer Not. Denn seine Familie konnte ohne Geld und mit knappen Essensrationen kaum überleben; auch sie wurde so weit wie möglich von Theresas Familie versorgt. Nach einem Jahr nahm er die Gelegenheit einer Lehrerausbildung wahr, die ihm sein gut bestandenes Abitur ermöglichte. Er wollte die alten Sprachen lehren sowie Geschichte und Philosophie. Dieses Fächerspektrum konnte und sollte ihm helfen, sein „Mindsetting" wieder zu regenerieren. Auf diese Weise fand das „Abendland" Eingang in sein Leben, das er auch mental in Schritten wiedergewann. Zugleich schien ihm dieses Gedankengut weit genug entfernt von den verheerenden Theorien des Dritten Reichs zu sein. Die abendländischen Werte, die ihre Prägung auch von christlichen Tugenden hatten, boten aus Hermanns Sicht die Chance, nicht nur ihn, sondern das ganze Land und die Gesellschaft wieder auferstehen zu lassen.

Nicole

In seiner Jugend war Richard an den Partyaktivitä-
ten der anderen Jugendlichen nur eingeschränkt interessiert, schon weil ihm das Tanzen zuwider war,
das er weder konnte noch wollte. Die Jungen und
Mädels, die an den Partys teilnahmen, waren ihm
nicht unbekannt; fast alle nahmen daran teil. Die
meisten kannte er gut von der Schule, vom Studium
oder von woanders aus der Stadt und mochte viele
sogar. Seinen Schwestern, da älter als er, ging es,
wie er glaubte, um viel mehr als ums Schwofen; sie
dachten seines Erachtens bereits an ihre Zukunft
und alles, was damit anlässlich einer rauschenden
Party möglich erschien. Das war Richard noch
fremd, dafür war er zu jung. Was in dieser Hinsicht
Nicole betraf, war auch sie wahrscheinlich noch zu
jung, um sich über Partyerfahrungen für die Zukunft - nach ihrem Studium - schon Gedanken zu
machen. Nicole studierte Jura und wollte, wie ihr
Vater, Anwalt werden. Sie war mit ihren warmen,
honigfarbenen Augen und ihrem leicht gebräunten
Teint eine liebenswürdige Erscheinung. Dunkel-
blonde Locken fielen ihr auf die Schultern. Kleiner

als Richard war sie und hatte eine attraktive, zierliche Figur. Sie genoss die Zusammenkünfte mit Marie-Luise wie mit Katharina.

Als dann eine Party am See gefeiert wurde, ließ sich Richard wider aller Erwarten doch dazu überreden, mitzukommen und, als habe er es gewusst, verliebte er sich Hals über Kopf in Nicole, die er dort zum ersten Mal sah, ohne genau zu verstehen, was ihm dabei geschah. Er war einfach glücklich und sehr bewegt, denn seine Gefühle wurden erwidert. Wie im Fluge verstrich die Zeit. Zu allen Jahreszeiten führte der Weg die beiden glücklich Verliebten an diesen See, der ihnen eine Atmosphäre und den Raum bot, um sich auszutauschen und sich näher kennenzulernen.

Als sie im 3. Semester waren, stand Richard stand vor der Entscheidung, Nicole in die große Stadt zu folgen. Für ihr weiteres Studium wollte sie in ihre Heimatstadt zurückkehren. Die Gelegenheit kam ihm entgegen. Die Zusage fiel ihm schließlich nicht schwer. Bald hatten sie und er ein Zimmer in derselben Wohngemeinschaft und setzten dort ihr Jurastudium fort. Richard gewöhnte sich rasch an die neue Umgebung, die ihm gut gefiel. Einen Mittelpunkt wie den See in seiner Heimatstadt gab es dort nicht. Stattdessen lernte er die vielen Attraktionen zu schätzen, die die große Stadt bot. Nach Hause zurückkehren wollte er auf keinen Fall und tatsächlich hatte er seither nicht mehr wieder in seiner Heimatstadt gelebt.

Nicoles Familie war für Richard eine weitere neue Erfahrung; sie war das einzige Kind ihrer Eltern geblieben, obwohl es ein paar Versuche gab, die Familie zu vergrößern. Doch daraus wurde nichts, was die Mutter sehr schmerzte, die zu früheren Zeiten die Chefsekretärin in der Kanzlei von Nicoles Vater war. Als er um ihre Hand anhielt, fühlte sie sich geehrt und hoffte, Mutter einer kinderreichen Familie zu werden – der Beweis, nicht nur Termine vereinbaren und Vorgänge auf der Schreibmaschine tippen zu können, sondern auch die Erwartungen an eine Ehefrau und Mutter erfüllen zu können. Organisieren konnte sie ja. Doch ihr Erfolg auf dem Gebiet der Familienmutter beschränkte sich auf Nicole, die deshalb besondere Zuwendung von ihr erfuhr; auch für Nicoles Studium setzte sich ihre Mutter ausdrücklich ein. Nicoles Vater war als Jurist mit Insolvenzverfahren reich geworden. Dass ein Beruf mit intellektuellem Anspruch zu Reichtum führen konnte und sollte, war für Richard neu. Bei seinem Vater wie auch bei vielen seiner Freunde, die er in der Schule und im Studium hatte, war es so nicht. Berufstätigkeit war Aufgabe oder Mission; dafür gab es ein angemessenes Gehalt als Lohn, aber Reichtum? Nicole knüpfte mit ihrem Jurastudium an die Tradition der Familie an. Denn in der Familie ihres Vaters gab es fast ausschließlich Juristen auf nahezu allen Gebieten. Doch reich war nur ihr Vater geworden. War das ihre Erwartung auch an sich selbst und an Richard, wenn sie sich auf Dauer mit ihm verbinden sollte? War in ihrer Familie viel von Geld die Rede, hatte sie das in Richards Familie ganz anders erlebt; dort ging es um Gemeinschaft in vielerlei Hinsicht. Geld war nur in Ausnahmefällen ein Thema. Das hatte Nicole beeindruckt. Insofern war es für Richard neu, dass er im Zusammenhang mit seiner Berufswahl gefragt wurde, was er denn in diesem Beruf verdiene. Den Richterberuf wollte er ergreifen, doch mit Reichtum verband sich diese Tätigkeit für ihn nicht – das war auch nicht sein ausschließliches Ziel.

„Aber aus deinem Studium kannst du mehr machen", wandte Nicoles Vater ein, wenn es um dieses

Thema ging, „Grund für Bescheidenheit hast du nicht."

„Bescheiden bin ich nicht", erwiderte Richard, „ich wäre gern Richter. Das interessiert mich und macht mich bestimmt nicht arm."

„Jedenfalls möchtest du das im Augenblick", merkte Nicoles Vater an, „mal sehen, wie sich deine Berufswünsche darstellen, wenn du im Studium weiter bist."

Nicole war diese Diskussion nicht neu, aber unangenehm; doch sie mischte sich nicht ein. Ihr Vater hatte auch sie schon auf das Thema angesprochen. Sie war nicht darauf eingegangen. Von daher verstand sie gut, wie Richard auf die Fragen ihres Vaters antwortete. Sie wollte sich auf Familien- und Jugendrecht konzentrieren; das interessierte sie und hielt sie für wichtig.

Vermisste Richard, vermissten beide den See, den sie in Richards Heimatstadt zusammen erlebt hatten? Im Stadtpark befand sich ein größerer Teich; um ihn zu umrunden, brauchte man eine halbe Stunde. Dorthin ging er, gingen sie beide, wenn ihnen der See, der sie zusammengebracht hatte, fehlte. Das war eine Erinnerung an den See, kein Ersatz; denn die beiden Gewässer waren nicht zu vergleichen. So versanken sie nicht in Erinnerungen, aber hielten Erinnerungen wach, die sie mit dem See verbanden – das war gut so. Nach etwa 25 Jahren befand sich Richard nun zum ersten Mal wieder dort, an „seinem" See.

Erwartungen

Richard hatte ein Juraexamen gemacht, das ihm die Laufbahn als Richter ermöglichte. Darüber war er froh und auch stolz. Er nahm diese Chance wahr und übte seinen Beruf mit Leidenschaft aus. Als Richter wurde er deshalb sehr geschätzt. Nicole, die im selben Semester wie Richard war, hatte ein Jahr vor ihrem Examen einen schlimmen Unfall im gemeinsamen Skiurlaub mit ihrem Vater, den er nicht überlebte und sie mit zahlreichen Knochenbrüchen ins Krankenhaus brachte. Mit ihrem Vater war sie auf ein Schneebrett geraten, das sich lawinengleich löste und die beiden einen langen, steilen Abhang herunterriss. Nicoles Vater konnte nur noch tot geborgen werden, sie überlebte schwerverletzt. Ein Vierteljahr lang war sie außer Gefecht gesetzt und verbrachte im Anschluss daran acht Wochen in einer Reha. Der Tod des Vaters machte ihr schwer zu schaffen. Das war ein großer Verlust für sie, der sie schmerzte und zusammen mit ihrer Mutter vor die große Herausforderung stellte, seinen Nachlass an Immobilien und Papieren mit Gewinn zu ordnen. Dies machte Nicole mit ihrer Herkunft vertraut und stärkte die Bindung zu ihrer Mutter. So verschmerzte sie den Verzug ihres Studiums, der sich mit dem Unfall eingestellt hatte. Als sie ihr Juraexamen erfolgreich bestanden hatte, heirateten Richard und Nicole und entschlossen sich zur Gründung einer Familie. Diesem „Projekt" widmeten sich die beiden. Nicole sah zunächst davon ab, einen Beruf zu ergreifen. Bald waren sie mit Tochter Nike und Sohn Victor eine Familie, die gemeinsam mit der Mutter Nicoles in der Villa ihrer Eltern wohnte. Zu einem eigenen Haus, das wesentlich mit Nicoles Erbe ihres Vaters finanziert wurde, kamen sie, als die Kinder mit der Grundschule begannen.

Warum war Richard nach 25 Jahren an den See zurückgekehrt? Seine Heimatstadt hatte er zwar immer mal wieder besucht, wenn er dort an Weihnachten, Ostern und zu den Geburtstagen seiner Eltern zugegen war. Doch das waren Pflichtveranstaltungen, bei denen es um die Familie ging, aber nicht um ihn und um den See, der ihm in jungen Jahren so viel bedeutet hatte. Warum war das damals so? Warum brachte ihn diese Frage nach so langer Zeit wieder dorthin zurück? Offenbar fehlte es ihm an Verankerung, die seinem Leben einen Rahmen und einen Sinn gab, den er sich selbst setzte. Anders gesagt vermisste er Authentizität, die den Verlauf seines Lebens prägte. Das war in seinen Jugendjahren nicht anders. Oft fühlte er sich als Schüler in seiner Persönlichkeit übergangen oder von Erwartungen überfordert. Am See fand er wieder gestärkt zu sich zurück, wie sich immer wieder gezeigt hatte.

Reichlich kulturelle Bildung und Verantwortung für die Gesellschaft prägten die Tradition von Richards Familie. Lesen und Schreiben musste er schon beherrschen, bevor er in die Schule ging. Der Stolz des Vaters wäre gewesen, wenn er die erste Grundschulklasse übersprungen und gleich mit der zweiten Klasse begonnen hätte. Doch dem widersprach Richards Mutter, die seine Reife bei aller Begabung für einen solchen Einstieg in das schulische Leben infrage stellte; denn Richards Entwicklung entspreche der der Zweitklässler noch nicht. Das könne er sich nicht vorstellen, entgegnete der Vater, bei allem, wozu Richard bereits in der Lage sei. Den Schülern der zweiten Klasse wäre er sicher schon ebenbürtig. Doch die Mutter, die sich auch für seine

Freunde verantwortlich fühlte, gab nicht nach, sondern verwies auf die „Führungsrolle", die Richard im Kreis seiner Kindergartenfreunde eingenommen habe, die nun mit ihm in die erste Klasse gingen. Da werde er gewaltsam herausgerissen, wenn er seine Schulzeit in der zweiten Klasse beginne, ohne dass dafür ein guter oder zwingender Grund bestehe. Das sah der Vater ein und stimmte zu. Allerdings erwartete er, dass Richards Musikerziehung, früher als bisher geplant, starte und er seinen Geigenunterricht mit Schulbeginn aufnehme. Dann sei „dieser hoch begabte Kerl", den er in Richard sah, auf jeden Fall ausgelastet.

Richard war nicht nach seinen Wünschen gefragt worden, sondern sah sich mit den Entscheidungen seiner Eltern vor vollendete Tatsachen gestellt. Dieses Vorgehen war deshalb erstaunlich, da beide Elternteile Richard für einen Überflieger hielten, der bereits wisse, was er wolle. Doch um seine Wünsche in Erfahrung zu bringen und aufzugreifen, dafür war er für sie doch noch viel zu jung. Aber erstaunlich war auch, dass Richard nicht der Einzige war, der mit Schulbeginn bereits lesen und schreiben konnte, und gar keine Führungsrolle im Kreis seiner Klassenkameraden einnahm. Die Annahme der

Eltern, dass Richard ein Überflieger sei, war mehr ein Wunschtraum, den sie für ihr Selbstverständnis benötigten, als dass er tatsächlich zutraf. So verhielt es sich auch mit dem Geigenspiel, das dem väterlichen Willen entgegen nicht schon in der ersten Klasse begann, sondern vielmehr auf die lange Bank geschoben wurde.

Familientradition

Seinen Schwestern erging es nicht so. Richards Eltern hatten andere Erwartungen an sie als an ihn. Katharina und Marie-Luise waren gehalten, persönlich gute Partien abzugeben und in ihrer Ehe bestens versorgt zu sein. Die Weitergabe der familiären Tradition oblag ihnen nur indirekt, indem sie Ehefrauen von Männern wurden, die den Vorstellungen ihrer Eltern voll entsprachen. Gute Mütter sollten sie sein, was kein Studium erforderte, aber auch nicht verbot. Doch das elterliche Verständnis der Familientradition sah für die Töchter zuallererst „Haus und Hof" vor und zuletzt eine berufliche Tätigkeit, die nach traditioneller Überzeugung das Rückgrat jeder Familie zerbrach mit schlimmen Folgen für den gesellschaftlichen Zusammenhalt. „Hausfrau" war als Beruf nicht anerkannt, da eine Hausfrau kein Geld verdiente.

Solche Vorstellungen waren in der zweiten Hälfte des 20. Jahrhunderts noch immer keine Seltenheit, wobei Freizügigkeit und Individualisierung in der westdeutschen Gesellschaft – wie in Europa über-

haupt – spürbar voranschritten und keine Fremd-
worte mehr waren. Damit gingen Forderungen
nach Chancengleichheit und sozialer Gerechtigkeit
einher, um alle Mitglieder der Gesellschaft an Bildung, Kultur und Wohlstand teilhaben zu lassen.
Doch diesen Wandel lehnten Richards Eltern ab.
Denn solche Veränderungen bedrohten ihre Werte.
Mit aller Deutlichkeit vertraten sie ihre traditionellen Standpunkte, um aufzuhalten und abzuwen-
den, was aus ihrer Sicht nur in den Abgrund führen
konnte. Noch boten ihre Werte allerhand Stärke, da
sie für einen langen Zeitraum prägend waren. Dem
gegenüber waren die angestoßenen Veränderungen
noch in den Kinderschuhen. In der Welt von
Richards Eltern wurden soziale Probleme von den
christlichen Kirchen aufgefangen, so dass ihr Wertekosmos auch in dieser Hinsicht weiterhin tragfähig und gut verankert erschien.

Die Bemühungen um den Erhalt der Tradition wie
die um den Aufbruch führten zu einer Dynamik,
die den Konsens in der Gesellschaft nur zum Schein
erbrachten, tatsächlich aber die Individualisierung
der Gesellschaft verursachten. Die zunehmende Befreiung von herkömmlichen Werten hatte ein hohes
Maß an partikularer Selbstentfaltung zur Folge. Die

angestrebte Chancengleichheit führte zu einem mit Steuern finanzierten, sozialen Ausgleich. Wurde so die herkömmliche Wertewelt des Bürgertums von der gesellschaftlichen Teilhabe chancengleich emanzipierter Mitglieder der Gesellschaft voll ersetzt? Die Ergebnisse dieser Entwicklung gaben Anlass zu manchem Zweifel.

Richards Zeugnis der letzten Grundschulklasse war nicht das allerbeste, sondern eher mittelmäßig. Dennoch stand außer Frage, dass er aufs Gymnasium ging – nicht auf das humanistische, das sein Vater leitete, sondern auf das naturwissenschaftliche, das es in der Stadt glücklicherweise auch gab. Altgriechisch und Latein lernte er gleichsam im Nebenfach auf dem Gymnasium seines Vaters; denn so ganz sollte ihm der an sich gewünschte Besuch des humanistischen Gymnasiums nicht versagt bleiben – so der Wunsch des Vaters, der dafür keine andere Lösung als diese sah. Ihm machten allerhand Herausforderungen an sein Werteverständnis zu schaffen. Denn darüber gab es nicht mehr das Einverständnis, das er – wie zu Schulzeiten seiner Töchter – erwartet hatte. Richards Mutter ging es genauso. Brüchig geworden oder verloren gegangen war, was für Richards Schwestern noch galt und nicht in Frage gestellt wurde.

Im Zuge des Heranwachsens jetzt war wenig erstaunlich, dass für die Jungen die Mädchen und umgekehrt für die Mädchen die Jungen im Zentrum vieler Unternehmungen standen. Im Mittelpunkt stand Sex, getrieben von der Kritik an der öffentlichen Moral; das löste Ängste, Befürchtungen bei den Eltern und jede Menge Konflikte aus. Welche „Experten" ergriffen dazu das Wort? Das waren diejenigen, die glaubten, dass am besten gar nicht darüber geredet werde, da bis zur Volljährigkeit noch genügend Zeit bleibe, um sich mit Schwangerschaft und Kinderkriegen zu befassen. Aber es waren auch diejenigen, für die sich neue Zeiten auftaten, die Befriedigung und Glück garantierten, wenn man nur zuließ, was einen trieb – so einfach sei es doch. Ihre Verantwortung machten beide Seiten geltend, die wahrzunehmen weder die Traditionsgläubigen noch die Protagonisten der neuen Freiheit tatsächlich in der Lage waren. Die Vorkehrungen, die zur Verhinderung von Sex ergriffen wurden, führten ins Leere. Auf welche Expertise beriefen sich denn diejenigen, die an den herkömmlichen Gepflogenheiten festhalten wollten? Waren es eigene Erfahrungen oder solche, die hier und da vernommen worden waren? Bemerkenswert war, wie viele Katastrophen und Risiken herbeizitiert wurden, als hätten sie dies alles erlebt. Auf der anderen Seite überließen die liberalen Eiferer zu viel sich selbst mit der Folge großer Verunsicherung und Orientierungslosigkeit; da half auch keine Pille.

Doch es gab auch noch andere Herausforderungen, die Richards Eltern, aber auch ihn bewegten. Der pubertäre Genuss von Tabak und Alkohol bot einen Übergang zum Konsum von vielerlei Drogen. Zielgruppe solcher Angebote waren primär Jugendliche, deren Eltern mit neuen Fragen und Szenarien heftig konfrontiert und zugleich überfordert wurden; das erlebten nicht nur Richards Eltern, die beunruhigt waren, wie viele andere Eltern auch. Als seine Schwestern aufs Gymnasium gingen, war das noch überhaupt kein Thema. Der Drogenkonsum drohte Familien zu zerstören und brach gleichsam in die traditionelle Wertewelt ein: Hielt Richard den Versuchungen stand? War er dabei, sich von seinen Eltern zu entfremden? Brachte er sich in Abhängigkeiten, die nicht mehr rückgängig zu machen waren? Begannen seine Eltern jeden Einfluss auf ihn zu verlieren? Solche Fragen beschäftigten die Eltern, ohne dass Richard Anlass zu Sorge bot. Zugleich erlebte sein Vater als Gymnasialdirektor mehr und mehr Beispiele drogenabhängiger Schüler und war, wie er sich eingestand, nicht ausreichend auf die sich abzeichnenden Einbrüche und Katastrophen vorbereitet.

„Dass dergleichen auch in unserer Stadt und an meiner Schule um sich greift, überrascht mich", sagte er zu seiner Frau und Mutter ihrer gemeinsamen Kinder, „warum ist das so? Wir haben doch nichts falsch gemacht."

„Wenn es in großen Städten passiert, wundert uns das nicht", ergänzte sie, „da läuft so vieles falsch. Aber hier in unserer Stadt dachte ich, die Welt sei noch in Ordnung."

„Offenbar ist es nicht so, wie wir uns das dachten", gab er zurück, „obwohl wir Vorstellungen und Wünsche zu ordentlichen Lebensverläufen haben, die wir auch realisieren. Ob diese mit den Vorstellungen anderer, jüngerer Mitbewohner unserer Stadt konform gehen, ist allerdings fraglich ..."

„Um diese Probleme aus der Welt zu schaffen, brauchen wir einen Konsens, der von allen getragen wird", bemerkte seine Frau, „anders schaffen wir das nicht. Die Anzahl verschiedener Ansichten und Überzeugungen nimmt täglich zu; das hilft uns nicht. Was bleibt, sind Gesetzgebung und Strafverfolgung; das ist ganz offensichtlich nicht genug."

„Manchmal vermittelt sich mir in Gesprächen mit jüngeren Kollegen oder auch Schülern der Eindruck, dass sich unsere Werte überleben oder sogar schon überlebt haben", äußerte der Vater, „keine gute Nachricht und kein Eindruck, der sich auf einzelne beschränkt – das ist unüberhörbar und beunruhigt mich."

„In der Tat", stimmte sie ihm zu. Dass sie nicht mit ihm einig war, hätte auch überrascht.

Als letzter Punkt sei die politische Entwicklung angesprochen, die aus Sicht von Richards Eltern mit dem Werteverfall zusammenhing und mit Attentaten einigen Anlass zu Sorge bot. Würde sich Richard politisch radikalisieren? Würde er ein Linker oder ein Mitglied der Friedensbewegung werden und zur Familientradition auf Abstand gehen? Wäre er kein Erbe der Wertewelt seiner Eltern?

Auch hierzu wurden Richards Vater in seinem Gymnasium Beispiele vorgeführt, die er als traurig, allerdings auch als sehr bedrohlich empfand. Seine Welt war vielen Angriffen ausgesetzt und nicht zuletzt auch er.

Die Befürchtungen und Sorgen seiner Eltern entgingen Richard nicht. Doch auch in politischer Hinsicht hatte er keine Ambitionen. Was ihn allerdings enttäuschte, war das Misstrauen seiner Eltern, das zur Folge hatte, von ihnen deutlich strenger erzogen zu werden als seine Klassenkameraden – bis zum Abitur. Als er erklärte, Rechtswissenschaft studieren zu wollen, um dann als Richter tätig zu werden, fand er große Zustimmung seiner Eltern und wurde aus ihrer „Haft" entlassen, um sehr viel mehr auf eigenen Füßen zu stehen als zuvor. Während seiner Schulzeit war ihm der See ein Rückzugsort gewesen, der ihn mit Ruhe und Inspiration beschenkte. Was wäre gewesen, wenn er „seinen See" nicht gehabt hätte? Diese Frage stellte sich Richard damals nicht; das konnte er sich nicht vorstellen. Seine Eltern wussten nicht, dass er diesen Ort für sich gefunden hatte. Von daher war dieser See für Richard etwas ganz Eigenes.

Orientierung

Er verlor den Kontakt zu „seinem See", als er glaubte, künftig Erwartungen entgehen zu können und deshalb seine Heimatstadt mit Nicole verließ. Doch er wurde die Überforderung seiner selbst vor allem im Zuge seiner Karriere nicht los. Diese Herausforderung versuchte er so zu bewältigen, dass er sich immer mehr Anforderungen zu entsprechen bemühte – in der Hoffnung, sich so davon zu befreien. Doch das scheiterte. Denn die Ausbeutung, die mit diesem Verhalten einherging, entfremdete ihn von sich selbst noch viel mehr. Bald erkannte er sich nicht mehr wieder und fragte sich, was geschehen war, dass er nicht mehr wusste, wer er wirklich war und warum er offenbar nicht mehr verstand, sich einzuordnen und zu integrieren. Auf dem Gymnasium und in seinem Studium war das nicht so gewesen.

Als Schüler hatte Richard seine Eltern nicht mit schrillen Eskapaden in Angst und Schrecken versetzt. Mit seinen Leistungen in der Schule blieb er zwar hinter dem zurück, was sie von ihm erwarteten. Doch er gehörte deshalb nicht zu den Schülern, die um ihre Studienplätze bangen mussten. Der beste Erbe für die Tradition der Eltern war Richard mit Sicherheit nicht. Aber dass er mit Anstand sein Abitur absolvierte, brachte ihm in dieser unruhig bewegten Zeit einige Anerkennung ein, zumal er seinen Eltern niemals Anlass zu wirklicher Sorge gegeben hatte. Das war schon viel. Gemeinsam mit Nicole hatte er sein Studium erfolgreich abgeschlossen und sich im Anschluss daran zum Richter ausbilden lassen. Das geschah weit weg von zu Hause in Nicoles Heimatstadt. Die Freiheit, die ihm die Großstadt bot, kam ihm für sein Studium und für die Richterausbildung sehr entgegen. Nicht dass ihm dies den See ersetzte, der ihm hin und wieder fehlte, aber seine Bewegungsmöglichkeiten und seine Spielräume hatten sich signifikant vergrößert. Wie würde es nach seiner Ausbildung zum Richter in der Fremde weitergehen?

Wie in allen Berufen verband sich auch mit dem Beruf des Richters, in den er dann bald eingetreten war, Routine, eine spürbare Veränderung gegenüber Studium und Ausbildung. Auch die Praxis war für Richard eine neue Erfahrung, da sie nicht so abwechslungsreich und so frei war wie zuvor. Im Referendariat hatte er allerdings schon Gelegenheit, ein wenig in die Praxis „hineinzuschnuppern". Vor diesem Hintergrund entwickelte er Eifer; denn ihm war klar, dass er sich als Berufsanfänger flexibel, kompetent und verlässlich zeigen musste.

„Ist das ausreichend?", fragte er Nicole, „um als Führungspersönlichkeit und Leistungsträger Anerkennung zu finden?"

„Was ist los mit dir?", fragte sie erstaunt zurück, „du bist plötzlich so ehrgeizig. Das kenne ich gar nicht von dir."

„Wenn ich es zu etwas bringen will, darf ich mein Licht nicht unter den Scheffel stellen", erwiderte er, „jetzt werden die Weichen für meine berufliche Zukunft gestellt."

„Loyalität und Teamfähigkeit scheinen dir fremd zu sein", bemerkte Nicole, „du bist ja nicht allein und brauchst die anderen, deine Kolleginnen und Kollegen, deine Vorgesetzten …"

„Guter Hinweis! Ich danke dir. Belastbarkeit und Verantwortungsbewusstsein gehören mit Sicherheit auch dazu."

„Richtig", bestätigte sie, „aber wie willst du das alles jetzt gleich beweisen?"

„Gelegenheit dafür gibt es genug. Liegen Aufgaben vor, die solche Qualitäten erfordern, geht es darum an allererster Stelle zu stehen, um unmissverständlich erkennen zu geben: Wer, wenn nicht ich? Das ist meine Mission."

„… und du glaubst, dass dich das weiterbringt?"

„Davon bin ich überzeugt. Allerdings muss ich mich für die Übernahme solcher Aufgaben empfehlen, also auffallen, brillieren und vor allem präsent sein. Da gelten andere Maßstäbe als der 8-Stunden-Tag oder die 40-Stunden-Woche …"

„Das hört sich beeindruckend an, Richard, ich bin gespannt, wohin dich deine Bemühungen führen. Überfordere dich damit nicht!"

Doch von dieser Warnung ließ er sich nicht beeindrucken. Sein Ehrgeiz wie sein Geltungsbedürfnis trieben ihn weiter an. Nach einem guten halben Jahr tauchte die Frage auf, ob jemand bereit sei, bei einem IT-Projekt mitzuwirken, um die Aktenablage des Landgerichts zu optimieren, in dem er tätig war. Richard meldete sich. Da niemand anderes daran interessiert war, wurde ihm die Leitung des Vorhabens übertragen. Nicole erklärte er stolz, sich mit seiner Bewerbung auf die Übernahme der Projektleitung erfolgreich gegen eine ganze Reihe anderer Interessenten durchgesetzt zu haben.

„Wird dir dein zusätzlicher Einsatz auch bezahlt?", wollte sie wissen.

„Die Leitung des Projekts ist eine Auszeichnung", gab Richard ihr zur Antwort, „den Vorsprung, den ich damit vor allen anderen habe, ist unbezahlbar."

„Woher hast du die Kompetenzen, um dieses Projekt zu leiten? Ich habe dich nie als IT-Experten erlebt."

„Das bin ich auch nicht. Für IT-Fragen bekomme ich einen geeigneten Mitarbeiter. Meine Aufgabe ist, die Anforderungen zu formulieren, eine Strategie zu entwickeln und die Mitarbeiter im Archiv vom Gewinn und von der Notwendigkeit der Maßnahme zu überzeugen. Das kann ich."

Überzeugt war Nicole von den behaupteten Fähigkeiten Richards nicht, behielt dies allerdings für sich. Sie gab ihm einen Kuss mit den Worten: „Ich bin stolz auf dich. Du bist mutig." Darüber freute sich Richard und fühlte sich in seinem Eifer bestätigt. Er werde sein Potenzial beweisen und zeigen, was er draufhabe, versprach er ihr.

Zunächst schien das Vorhaben vielversprechend zu laufen. Richard weckte hohe Erwartungen mit ehrgeizigen Zielen und einer überzeugenden Strategie zur erfolgreichen Durchführung des Projekts. Als er seine Planung, die allein auf eigener Überlegung beruhte, auf dem Kick-Off-Meeting zum Projektbeginn vorstellte, erhielt er viel Beifall und Zustimmung. Sein Einsatz schien sich zu lohnen. Doch als er konkrete Schritte gehen wollte, wurde der Projektverlauf zäh. Denn Strategie und Planung waren nicht ausreichend auf den praktischen Umgang mit der Aktenführung abgestimmt. Die im Archiv des Landgerichts geübte Praxis hatte Richard nicht begriffen. Da ihm die aktuellen Abläufe nicht vertraut waren, und er daran auch kein Interesse hatte, da diese ja verändert und neugestaltet werden sollten, verstand er sich mit den Archivmitarbeitern nicht und stieß auf heftigen Widerstand. Angesichts dessen sah der IT-Experte nur sehr eingeschränkte Möglichkeiten, einen Workflow einzurichten, um

Archivgut in digitale Form zu überführen, und kündigte, da sich die Lage nicht verbesserte. Nach einem guten halben Jahr hatte sich das Projekt erledigt, in dem viel geredet, aber so gut wie nichts geschafft worden war. Testweise waren ein paar Aktenbände digitalisiert worden. Doch mehr hatte die Maßnahme nicht gebracht. In aller Stille wurde das Projekt beendet, Richard die Leitung entzogen und die Akten archiviert wie immer. Nicole atmete auf. Ihre Zweifel hatten sich bestätigt, der Stress, den Richard ihr aus purem Ehrgeiz beschert hatte, war zunehmend unerträglich geworden.

„Ich habe einen Vorschlag für ein Projekt, das wir gemeinsam angehen können", verkündete sie.

„Und der ist?", fragte er sie, ernüchtert und enttäuscht nach diesem Misserfolg.

„Kinder, Richard", erwiderte sie mit großem Enthusiasmus, „du willst doch auch Kinder. Das ist das beste Projekt."

„Natürlich will ich Kinder. Aber Kinder sind doch nicht ,Beruf'", antwortete er etwas verunsichert.

„Bist du dir damit sicher?", wollte sie von ihm wissen, „ich nicht. Aber auf jeden Fall sind sie ein Projekt."

„Im Beruf möchte ich ein Projekt."

„Geduld, Richard! Das läuft dir nicht weg. Kinder brauchen junge und couragierte Eltern. Das sind wir jetzt."

„Da hast du recht", stimmte er ihr zu, „dein Vorschlag ist sehr gut und kommt zur rechten Zeit."

His family

Ein Jahr später wurde Nike geboren, nach weiteren eineinhalb Jahren erblickte Victor das Licht der Welt. Richard erwies sich als vorbildlicher Vater, der seine beiden Kinder und Nicole liebte und sich daran freute, wie sich die Kinder entwickelten; darauf war er sehr stolz. Denn Nike und Victor waren äußerst agil, lernten rasch Lesen und Schreiben, waren gut in der Schule und insgesamt echte Prachtexemplare, deren Lebensfreude für Vater und Mutter bisweilen sehr anstrengend war. Im großen Gegensatz zu seinen Eltern sah sich Richard nicht so sehr als ein Erzieher, sondern mehr als ein Begleiter, der seinen Kindern allerhand Freiheiten bot, doch stets zur Seite stand, wenn es notwendig war – das war nicht oft der Fall.

Von daher standen Selbstbestimmung und Eigenverantwortung im Mittelpunkt und kein Wertekosmos als starker Rahmen für Maßstäbe und Prävention, wie es Richard in seiner Kindheit und Jugend stets erlebt hatte. Denn wohin sollte er seine Kinder „auf Linie" bringen? Waren Selbstständigkeit und Verantwortung für sich und andere nicht genug?

Nike und Victor wirkten verglichen mit Richard, als er noch ein Kind war, viel aufgeweckter – das war schon erstaunlich. Nicole war überrascht, dass die beiden, für sie recht ungewohnt, so ausgiebig mit ihren Eltern sprachen und diskutierten. Das war oft anstrengend und strapazierte die elterliche Geduld, die Nicole und Richard manchmal verloren, wenn die Kinder sie nicht verstanden oder allem Anschein nach nicht verstehen wollten. Deshalb kam es auch zu Konflikten und Streitereien, wie es sich von selbst versteht, die aber meistens gütlich wieder gelöst werden konnten.

Die Kritik der Eltern Richards bezog sich auf die lange Leine, an der Nicole und Richard Nike und Victor laufen ließen: Es fehle an Ordnung, Struktur und Werteorientierung in der Erziehung ihrer Kinder, die deshalb viel zu wenig Anleitung und Zielsetzung für ihr Leben hätten und zu sehr auf dem Stand rein pragmatischer Lebensbewältigung beschränkt blieben. Begleitung und Vorbild der Eltern seien nicht genug, sondern müssten mit Idealen und der Ethik abendländisch orientierter Aufklärung bereichert werden. Andernfalls würden die Kinder sittlich verwahrlosen und zu egomanen

„Raubtieren" werden – das sei schon jetzt spürbar zu bemerken.

Doch solche Hinweise konnten die jungen Eltern nicht beeindrucken; vielmehr wandten sie sich dagegen. Die Familie, wie sie von ihnen gelebt werde, bereichere und verbessere ihren Umgang miteinander und den familiären Zusammenhalt. Auch als Eltern würden sie dabei viel lernen und das Zusammenleben als Familie immer besser gestalten. Allerdings berge ein solches Familienleben aufgrund der eingehenden Beschäftigung mit ihren Kindern das Risiko, die Partnerschaft der Eltern zu verbrauchen und zu verzehren: Immer gehe es um Nike und Victor.

Doch wo blieben sie? Waren sie noch ein Paar? Hatten sie sich über die Kinder hinaus noch etwas zu sagen? Und wie wäre das erst, wenn die beiden älter und erwachsen seien und die bestehende Bindung an die Familie nicht mehr existiere, sondern sich lockere und viel mehr Anlass für elterliche Sorgen bieten würde als zuvor?

Wenn das gelebte Modell trage, sei alles gut, und dafür spreche viel. Aber wenn es sich nicht als tragfähig erweise, sondern von außen eingeschränkt oder beeinträchtigt werde, was dann? Allerdings würden sich Eltern solche Fragen immer stellen, wenn ihnen an ihren Kindern wirklich liegt.

Zurück am See

Richard stand nach langer Zeit wieder an „seinem See" und sah auf eine Phase zurück, die mit Nikes und Victors Jugend hinter ihm lag. Computer, Handys, Internet hatten das Leben am meisten verändert und den Zusammenhalt der Gesellschaft zunehmend aufgelöst. Jede und jeder schufen sich eigene Welten, lebten für sich und wollten von niemandem und von nichts anderem mehr wissen als von Google und den sozialen Netzwerken. Wo stand er selbst, wo Nicole und wo ihre beiden Kinder? Ein leichter Wind schlug kleine Wellen auf der Oberfläche des Sees, der Richard mit seinem Plätschern offenbar sagen wollte, dass er einem „alten Freund" gegenüberstand. Das Wetter war angenehm. Sommerlich glitzerte die Sonne auf den Wellen, die mit dem Schilf am Ufer zu flüstern schienen. Wolken tauchten den See hin und wieder in Silber und Grau. Es war Mittag an einem Werktag. Richard war ganz allein bei seinem „alten Freund", der sich von seiner besten Seite zeigte: So friedlich, so voller Ruhe und wie schön! Was dachte der wohl über die Menschen, die ihn bei solchem Wetter oftmals nur für Fotos oder für ein kühles Bad benutzten, aber nichts weiter von ihm wissen wollten?

Doch Richard wollte mehr von ihm wissen. Sonst wäre er nicht gekommen, Richard, der nicht zu denjenigen gehörte, die vermeintlich große Zusammenhänge zu verstehen und zu erklären glaubten, doch am Ende daran scheiterten, Zusammenhänge, zu denen beispielsweise der Untergang oder die Regeneration des Abendlands zählten oder das europäisch zentrierte Gedankengut, die christlichen Religionen, die zu schlichter Ideologie verkommenen Philosophien, von denen sich eine ganze Reihe als politisch extrem oder sogar radikal erwiesen. Doch das alles betrachtete Richard nicht als sein Ding; dafür begegnete ihm als Richter zu viel Lebensrealität, die er viel unmittelbarer erlebte als die großen Linien prominenter Ideen. Hatte er sich von seinen Erlebnissen als Richter zu stark beeindrucken lassen? Hatte er deshalb zu wenig Karriere gemacht? Zu ängstlich, zu empfindlich, zu vorsichtig, um sich auf einer Leitungsposition zu bewähren und durchzusetzen? Andere hatten es weitergebracht und vermutlich größer gedacht als er, aber waren wahrscheinlich weniger an Familie orientiert. Was hatte er verkehrt gemacht oder hätte er mit mehr Elan und stärkerem Engagement betreiben müssen? Was könnte er anders und besser machen?

Richard sah auf den See, der inzwischen spiegelglatt war, und lauschte wie früher dem Geschnatter der Enten im Schilf und dem Gezwitscher der Vögel, die auf den Bäumen saßen. An diesem Szenario sollten Karrierewünsche zerschellen. Denn besser konnte man es doch nicht haben, als den Frieden dieser Natur zu erleben; der war für Richard mit seiner anspruchsvollen und verantwortlichen Tätigkeit eine Ausnahme, die er viel zu selten erlebte. Vor gut zehn Jahren hatte er den Sprung zum Stellvertreter des Präsidenten des Landgerichts geschafft, das in Nicoles Heimatstadt lokalisiert war. Damit hatte er eine Position, die weitere Karrieresprünge erwarten ließ; doch dazu kam es nicht. Vielmehr gab es für ihn jede Menge Arbeit, die er als Stellvertreter pflichtbewusst und mit Verlass erledigte – zusätzlich zu eigenen Themen seiner Tätigkeit, die er sich nicht nehmen ließ. Vor fünf Jahren war Nicole schwer an Krebs erkrankt, nachdem sie vier Jahre ihren Beruf als Anwältin für familiäre

Angelegenheiten und Jugend ausgeübt hatte. Vor drei Jahren erlag sie der Krankheit – für Richard wie für Victor und Nike ein schwerer Schlag, der nicht unerwartet kam, aber sie doch mit voller Wucht getroffen hatte. Alle drei fühlten sich mit einem Mal von ihr verlassen und plötzlich jeder für sich allein: Nike und Victor hatten ihre Mutter verloren, Richard seine Frau, Nicole, die er viele Jahre lang geliebt hatte. Und was war jetzt?

Richard hatte neue Freiheiten. Die Kinder waren inzwischen aus dem Haus und studierten Fächer mit guten beruflichen Chancen: Nike Medizin und Victor Wirtschaftsinformatik. Beide waren in verschiedenen Städten weit weg von zu Hause und deshalb umso mehr vom Tod der Mutter berührt – sie hatten Heimat verloren und einen Anker. Seit vielen Jahren bewohnte Richard mit der Familie das schöne Haus – nun war er dort ganz allein. Für den Kauf des Hauses war überwiegend Geld eingesetzt worden, das Nicoles Vater ihr vererbt hatte. Seit etwa einem Jahr hatte Richard eine Bekannte, Selma, eine junge Frau, die er beim Joggen kennengelernt hatte und der offenbar an einer Partnerschaft mit ihm lag. Gerne war er mit Selma beim Joggen zusammen, hatte sich aber noch nicht näher auf sie eingelassen oder sich in sie verliebt. Sie in das Haus der Familie aufzunehmen, scheute er sich; denn dabei hatte er das Gefühl, den Familiensitz seiner Familie wegzunehmen und Nicole im Nachhinein zu hintergehen. Also das Haus verkaufen oder vermieten? Doch dann hätte er den wunderbaren Garten und manches andere nicht mehr, was ihm vertraut war. Je länger er überlegte, umso mehr spürte er Selmas Interesse, in das Haus einzuziehen und mit ihm dort zusammenzuleben.

End of his family

Was war mit Nike und Victor? Als sie in den 2000er Jahren aufs Gymnasium kamen, hatten beide ihren Computer – in der Schule zum Lernen, nach der Schule zum Spielen. Diese Ausstattung schien nicht mehr als eine Ergänzung dessen zu sein, was schon immer so war. Dabei hielten Richard wie auch Nicole den Computer für alternativlos, um ihre Kinder auf einem Stand zu halten, der ihnen alle Chancen bot. Der Computer war Pflicht – nichts anderes kam stattdessen in Betracht, um Nike und Victor wie auch sich selbst auf dem Laufenden zu halten. Was daraus werden würde, war zu diesem Zeitpunkt noch nicht vorherzusehen, wurde aber schon bald spürbar. Denn schwindende Lernbereitschaft, mangelnde Konzentration, suchtartige Nutzung des Computers waren auch bei Nike und Victor gelegentlich zu erkennen; das besorgte die Eltern. In den letzten Schuljahren erwies sich das Internet als eine sehr mächtige Riesenkrake und begann mehr und mehr den Zusammenhalt zu zersetzen. Am permanenten Computerspielen hatte Richards Familie bereits gelitten. Victor erregte damit öfters den Ärger seiner Eltern.

Mit Studienbeginn war das Internet zu einem Begleiter geworden, der Nike und Victor fesselte. Was bisher Familie war, geriet ins Rutschen und schien bald dahin zu sein. Doch die Kinder empfanden als große Freiheit, was das Internet ihnen vermeintlich schenkte, und ließen sich davon verführen: Zugang zu jeder Information und allem Wissen zu jeder Zeit und an jedem Ort, Austausch und Kontakt zu allen Freunden und Followern und diese sogar sehen zu können, aber nicht erleben zu müssen, jede Kleinigkeit, die freute oder enttäuschte, wortreich und ohne Hemmung mitzuteilen sowie mit Fotos oder Videos zu illustrieren. Anders gesagt, alles, was gedacht, gefühlt oder gelebt wurde, im virtuellen Raum zu doppeln, um auf sich aufmerksam zu machen oder sich als VIP zu präsentieren. Familie war kein Ort mehr, sondern bestenfalls der Link eines sozialen Netzwerks, Eltern keine Begleitung mehr, sofern finanziell nicht notwendig, Follower begleiteten von nun an emotional und verständnisvoll. Nike und Victor waren keine Nerds und auch nicht internetsüchtig. Wie für Millionen andere Nutzer war es für sie das Spektrum ihrer Welt, neben dem kaum etwas anderes eine Rolle spielte. War es das, was Nicole krank gemacht hatte? Das glaubte Richard nicht. Aber was war es dann?

Viel länger als gedacht war Nicole eine Mutter ohne Beruf. Die Kinder waren schon in der Oberstufe des Gymnasiums, als sie ihre Tätigkeit als Anwältin für Familie und Jugend aufnahm. Schon länger hatte sie das vorgehabt, aber es einfach nicht geschafft. Noch brauchten sie die Kinder, wie sie glaubte. Richard sah das anders und riet ihr, so bald wie möglich als Anwältin auf diesem wichtigen Rechtsgebiet beruflich tätig zu werden. Doch was sie dann bei Aufnahme ihres Berufs erlebte, versetzte sie in Angst und Schrecken: Jede Menge Straftaten verwahrloster Jugendlicher, viele misshandelte Ehefrauen, Partnerinnen und Kinder, Scheidungen und Unterhaltsklagen wieder und wieder. Nicht alles waren Albträume, doch das meiste ertrug Nicole nur schwer. Dieser Blick in die Abgründe familiären Lebens raubte ihr die Ruhe und den Schlaf. So strapaziös hatte sie sich ihre Tätigkeit nicht vorgestellt. Nach einem Jahr war sie am Ende ihrer Kraft.

„Nun hast du die Phase der Gewöhnung fast schon hinter dir", erklärte Richard, „mir ging es genauso im ersten Jahr als Richter bei den Gewaltverbrechen."

„Ich kann mich nicht an das gewöhnen, was ich von meinen Klienten höre, die ich vertreten soll", gab sie zurück und schüttelte den Kopf, „was sie mir berichten, ertrage ich vor allem deshalb nicht, weil sich trotz meines Einsatzes diese fürchterlichen Missstände nicht ändern. An Verbesserungen der Situation ist nicht zu denken. Entweder kommen vor allem Klägerinnen nicht zu ihrem Recht oder es steht ihnen nach der Verurteilung ihres Partners der soziale Abstieg bevor und unmittelbare Gefahr nach seiner Entlassung aus dem Gefängnis."

„Du hast tatsächlich Mut und bist zu bewundern", äußerte Richard, „die Verbesserung der jeweiligen Situation fordert viel Geduld und für Verbesserungen insgesamt bist du nicht verantwortlich. Du wirst die Welt an dieser Stelle nicht retten können. Denn als Anwältin geht es bei dir stets um den Einzelfall …"

„… ich weiß nicht, wie lange ich noch durchhalte", unterbrach sie ihn leise, „aber auf alle Fälle strenge ich mich an. Das verspreche ich dir."

Seine große Anerkennung brachte Richard immer wieder zum Ausdruck; er nahm sich vor, mit schönen Unternehmungen wie Ausflügen, gutem Essen in Restaurants, Konzerten, Reisen, Besuchen von Oper und Theater Nicoles Leben außerhalb der Anwaltskanzlei so zu bereichern und so angenehm wie möglich zu machen, um ihre Schmerzen zu lindern und sie für alles zu trösten, was sie als Anwältin erleiden musste.

Noch drei Jahre hielt sie durch. Als Richard von der Krebsdiagnose hörte, fragte er sich oft, ob er an diesem Schrecken schuld war, bis er begriff, dass die Vorwürfe, die er an sich richtete, sie nicht heilten. Zunächst sah die Prognose nach einer Operation und einer Chemotherapie noch ganz gut aus; die beiden konnten ein halbes Jahr lang viel Schönes machen, um der Diagnose den Schrecken zu nehmen. Ihre Arbeit hatte Nicole inzwischen aufgegeben. Richard hatte sich ein ganzes Jahr beurlauben lassen, um Nicole zur Seite zu stehen. So konnte er sich von ihr verabschieden. Denn plötzlich ging alles wie im Flug: Ihr Leben war nicht mehr zu retten. Nicole war der Krankheit nach vier Monaten erlegen. Unfassbar war Richards Schmerz, noch größer seine Schuldgefühle. Trug er die Verantwortung für ihre Krankheit und ihren Tod? Hatte sein Druck auf sie trotz ihrer Bedenken, am Beruf als Anwältin festzuhalten, die Katastrophe herbeigeführt? Was sollte er ihrer Mutter sagen, wenn sie ihn nach Ursachen fragte und um Erklärungen bat? Was teilte er seinem Vater mit, der ihn sicher auch befragen werde, wie sich Nicoles früher Tod erkläre? Richards Mutter war bereits tot. Und schließlich sei er Nike und Victor Antworten auf ihre Fragen schuldig, sagte er sich, obwohl ihm klar war, dass er keine Fragen kompetent beantworten oder hinreichend erklären konnte.

Doch zu Antworten fühlte er sich Nicole verpflichtet. Stets habe er sich für ihr Wohlergehen eingesetzt, erklärte er im engen Kreis der Verwandtschaft, und nach besten Kräften für sie gesorgt. Als liebender Ehemann sei das für ihn selbstverständlich gewesen. Doch die Veränderungen in der Gesellschaft erwiesen sich mitunter als gewaltiger Kraftakt, der in Nicoles Beruf besonders groß war und sie vor kräftezehrende Herausforderungen stellte. Er sei kein Arzt und könne nicht erläutern, was die Krankheit ausgelöst habe. Doch auch die dazu konsultierten Ärzte konnten es nicht erklären. Sollte ihr früher Tod allerdings unmittelbar mit ihrer Tätigkeit zu tun haben, vermute er, dass Nicole ihres Lebens müde geworden sei und sich deshalb aufgegeben habe. Sollte dies tatsächlich zutreffen, mache ihn das besonders traurig. Nun müsse er nach vorne blicken, um nicht selbst seinen Lebensmut zu verlieren und ihr zu folgen. Diese Worte wurden Richard abgenommen und ihm alles Gute gewünscht. Doch wohin ging sein Blick nach vorne? Was war dieser Blick für ihn? War er überhaupt in der Lage, nach vorne zu schauen?

Selma

Selma war Richard buchstäblich über den Weg ge-
laufen – das war beim Jogging, mit dem er nach
dem Tod Nicoles begonnen hatte. Selma war zwan-
zig Jahre jünger als er, hatte blonde Locken, ein La-
chen, das gewinnen konnte, und eine Top-Figur, die
sie mit dem Jogging, aber auch mit häuslicher Gym-
nastik pflegte und pflegen musste. Denn als Repor-
terin im lokalen Fernsehen wollte sie es für ihren
Auftritt an guter Figur nicht fehlen lassen. Die be-
sonnene und umsichtige „Joggingerscheinung“, die
Richard mit einem Trainingsplan in der Hosenta-
sche ausmachte und die an seinem dunkelblauen
Trainingsanzug zu erkennen war, kam Selma direkt
entgegen. Das erste Mal, als sie ihn traf, rief sie ihm
ein freundschaftliches „Hallo“ zu, als sei er ihr
schon länger gut bekannt. In seinem Schmerz und
seiner Einsamkeit tat ihm dieses „Hallo“ gut; er traf
sie wieder und wieder und machte sich mit ihr bekannt.

Die Joggingstrecke führte auf einem Weg über eine
Wiese in den Wald und drehte eine große Runde.
Etwas abseits von diesem Weg befand sich eine

Lichtung mit einem Teich; dort stand in einer Lücke des dichten Schilfvorhangs eine Bank, auf der erschöpfte Jogger zu neuen Kräften kamen. Das war der Treffpunkt für die beiden, die gern „ermüdeten", um sich auf dieser Bank zu finden. Wiese und Wald lagen nicht weit entfernt von Richards Haus. Selma wohnte nahe der Innenstadt und nahm einen Bus zu der Joggingstrecke.

„Joggen auf Bürgersteigen mag ich nicht", erklärte sie diese Mühe, die sie auf sich nahm, „wenn ich jogge, brauche ich frische Luft und keine Abgaswolken."

„Das ist richtig", stimmte ihr Richard zu, „ich wohne nicht weit von hier und jogge erst seit Kurzem."

„… und dann treffen Sie gleich auf mich?", fragte Selma keck, „warum laufen Sie die wunderbare Strecke denn eigentlich erst jetzt?"

So kamen sie ins Gespräch und fanden auf der Bank, die am Teich auf der Lichtung stand, ihren Ort dafür. Seither verabredeten sie sich, wenn die Zeitspielräume ihrer beruflichen Tätigkeiten ihnen

Treffen erlaubten. Denn für Richard war die Beurlaubung jetzt vorbei. Selma hatte als Lokalreporterin viel zu tun. Jeden Tag musste sie eine Sendung mit Nachrichten aus der Stadt und dem Umland morgens, mittags und abends moderieren oder dazu einen Beitrag verfassen, vor allem aber für ihr Publikum stets gut gelaunt sein.

Sie hatte sich aus kleinen Verhältnissen hochgearbeitet, kam von weit her aus einer kleinen Stadt im Norden des Landes und hatte schon Geld als Schülerin mit Berichten in der Lokalzeitung verdient. Kaum hatte sie die Schule hinter sich, machte sie ein paar Praktika beim Radio. Redegewandt und aufgeweckt, wie sie dort auftrat, eignete sie sich für Jugendsendungen, aber mit ihrer glockenhellen Stimme begeisterte sie auch ältere Hörer; denn es gelang ihr, diesen für die Dauer ihrer Sendungen manche Sorge zu nehmen. Selma verstand die Wünsche ihrer Hörer – egal ob jung oder alt – und wusste Themen und Stimmungslagen entsprechend anzupassen. Nach fünf Jahren fester Beschäftigung beim Radio gelang ihr der Sprung ins Fernsehen, ein Riesenerfolg für sie, den sie geschickt für ihre Karriere ausnutzte. Nach einem Jahr war sie in der ersten Reihe der Lokalredakteure angekommen, zu deren Aufgaben auch die Moderation von Themensendungen und Talkshows zählte.

Das Glück, das Selma beruflich hatte, erfuhr sie in der Liebe nicht. Viele Verehrer hatte sie und war darauf stolz. Doch bei den Männern, die sie für eine Partnerschaft auserkor, funktionierte es nie auf Dauer, sondern spätestens nach einem Jahr war das Ende des Glücks erreicht – meistens war es schon nach einem halben Jahr vorbei. Warum war das so? Selma ließ sich von ungebremster Manneskraft begeistern, die sie in den Studios ihrer Kollegen nicht fand. Für ihre Tätigkeit beim lokalen TV kam sie mit dieser smarten Sorte Mann bestens zurecht, die Herz und Verstand bewegten, doch nach Selmas Meinung von ihren Körpern oder Sinnen gar nichts wussten. Denn in der Liebe, die für Selma reine Leidenschaft war, erwies sie sich wie eine Rockerin auf einer Harley-Davidson. Hemmungslos ließ sie sich auf prächtige Muskelmänner ein und triumphierte, während sie pure Kraft spürte. Das ging oft für ein paar Monate gut, bis diese Paarungen auseinanderkrachten. Um Partnerschaft ging es dabei nicht –

Partnerschaft hatte Selma noch nie erlebt, hätte sie allerdings gern erfahren. Doch in den Studios des lokalen Fernsehsenders war ein Partner für sie nicht zu gewinnen. Diese Typen konnten das für sie nicht sein, obwohl sie viele von ihnen als Kollegen äußerst schätzte.

Aber ein Partner war doch viel mehr und war einfach alles, so ihr Traum, ohne dass sie wusste, was das eigentlich sei oder sein könne. Ein Mann, außerhalb der Studios, der deutlich älter war als sie, umsichtig durch die Welt ging, Sport machte, wenn er joggte, und so traurig Ausschau halten konnte nach etwas – für ihn – Bedeutungsvollem, das er verloren hatte, aber hoffte, wieder zu bekommen, das war ein Mensch, der für Selma als Partner in Betracht kam und den sie als Partner haben wollte. Dass Richard dieser Partner war, spürte sie, als sie ihn das erste Mal auf dem Jogging-Circle sah und ihm dieses erfrischende „Hallo" zurief. Ihr war nicht entgangen, wie er darauf reagierte, und stellte fest: Ihr „Hallo" hatte ihn in Schwingung versetzt. Doch jetzt brach nicht das wilde Tier aus ihm heraus, das mit aller Macht über sie herfiel. Vielmehr sah sie einen Mann, der sich über dieses „Hallo" freute und ihr dafür mit einem Lächeln dankte. Das musste, sagte sich Selma, auf jeden Fall der Richtige sein, der sie berührte, ohne sie anzufassen. War Selma Richards Perspektive? Gab sie ihm den Blick nach vorn? Aber er war doch kein junger Mann mehr, sondern ein Familienvater mit zwei Kindern.

Seine Mutter war bald zehn Jahre tot. Plötzlich war sie an Herzstillstand gestorben. Sein Vater war da schon pensioniert und lebte nach dem Tod der Mutter allein in seinem Haus; dabei hatten Richards Schwestern ein Auge auf ihn und brachten ihm alle zwei Tage ein großes, gutes Mittagessen – so auch an Feiertagen und Wochenenden, sofern sie ihn nicht zu sich einluden. Sein Vater war noch rüstig und mutete sich noch manches zu, was Richard echt erstaunte.

„Wenn es dir gelegen kommt", sagte er eines Tages am Telefon, „dass ich zu dir ziehe und dir den Haushalt mache, freue ich mich und bin bereit, diese Aufgabe zu übernehmen."

Richard war platt und schwieg; da fehlten ihm die Worte.

„Bist du noch in der Leitung?", setzte der Vater nach, „oder habe ich dich erschreckt und du hast aufgelegt?"

„Dann würde ich dich doch nicht hören", lachte Richard, „du hast Ideen, Papa. Wird dir das nicht zu viel oder mehr noch zu langweilig?"

„Wäre dem so, würde ich dir das nicht anbieten", erwiderte der Vater, „so viel Langeweile, wie ich sie hier habe, gibt es bei dir sicher nicht. Immerhin lebst du in einer großen Stadt."

„Und was passiert mit deinem großen, wunderbaren Haus?", wollte Richard wissen.

„Das wird Marie-Luise, die Älteste von euch dreien, bekommen; sie hat vier Kinder, und ihr Mann Rolf verdient genug, um euch auszuzahlen. Katharina und Peer, ihr Mann, würden auch genug verdienen, haben aber nur einen Sohn. Mit drei Söhnen und einer Tochter, die alle noch länger hierbleiben wollen, hat Marie-Luise den größeren Bedarf. Ob alle ihre Kinder studieren wollen, ist ungewiss."

„Das hört sich so an, als ob du zu mir kommen müsstest …", merkte Richard an.

„… nein, so ist es nicht", unterbrach der Vater, „ich bin jetzt 78. In zwei Jahren lebe ich womöglich nicht mehr oder bin in einem Altenheim. Diese zwei Jahre würde ich gern mit dir verbringen. Mich würde das sehr freuen. Wenn du das ablehnst, bin ich traurig, könnte dich allerdings auch verstehen."

„Dein Angebot werden wir nicht am Telefon entscheiden. Auf jeden Fall danke ich dir für deine Hilfsbereitschaft. Ich denke darüber nach und melde mich dazu wieder bei dir. Ist das für dich in Ordnung?"

„Aber ja, Richard", antwortete der Vater etwas enttäuscht. Eine unmittelbare Zusage hätte ihn mehr gefreut.

Allein oder zusammen

Nun hatte sich Richard in einen Konflikt begeben: Kam sein Vater zu ihm ins Haus? Oder zog Selma bei ihm ein? Das stellte zugleich die Abwägung für ihn dar, ob er lieber den Blick nach vorn oder den zurück einnehmen wolle. Beides zusammen würde sich wahrscheinlich nicht vertragen; dafür müssten alle Beteiligten zu viel lernen, um miteinander auszukommen. Die Rolle des Lehrers oder Vermittlers wollte Richard dabei nicht spielen; denn damit stand er auf keiner Seite, sondern stets dazwischen. Doch welche Entscheidung empfahl sich für ihn? Er konnte ja seinen Vater nicht fragen, ob er Selma akzeptiere und umgekehrt Selma nicht, ob sie seinen Vater dulde. Die beiden kannten sich nicht und dürften allerhand Zeit brauchen, um sich kennenzulernen. Gleich in dieser Dreierkonstellation zusammenzuleben, wäre völlig unmöglich. Schließlich war auch nicht ausgemacht, ob Richard dem Vater den Blick zurück und Selma den Blick voraus zuordnen solle. Denn in einer Partnerschaft mit ihr würde er wieder bei Null beginnen mit Kindern, die wahrscheinlich folgten. Mit der Aufnahme des Vaters in sein Haus wagte er ein Vorhaben, das ihm neu war und ihnen beiden die Möglichkeit bot, sich nochmals gegenseitig zu erklären und zu verabschieden. Und seine Kinder? Nike und Victor hatten ihr eigenes Leben, ihre eigenen Sorgen und kannten Richards Problem nicht, eine solche folgenreiche Entscheidung treffen zu müssen. Woher auch? Welche Entscheidung er auch traf, seine Kinder würde er einbeziehen. Immerhin war es auch ihr Haus und dies vor Selma und seinem Vater. Nicoles Mutter war kurz davor, in eine Seniorenresidenz zu ziehen. Von daher musste Richard sie bei seiner Entscheidung nicht berücksichtigen. Sollte er sie und seinen Vater öfter zusammen einladen? Sie kannten sich kaum, obwohl sie doch verschwägert waren.

Richard stand an „seinem See" und rätselte. Der See wurde unruhig. Dunkelheit legte sich über seine zerwühlte Oberfläche. Selma habe keine Erfahrung mit Partnern und Partnerschaft. Träumerei sei, was sie von ihm, Richard, erwarte und wolle. Der Vater werde für Hilfe und Unterstützung gemeinsame Unternehmungen und Zuwendung von ihm erhoffen, was er, äußerst aktiv im Beruf, nur eingeschränkt leisten könne. Eine nähere Bekanntschaft mit Nicoles Mutter erschien unrealistisch. Die Situation ließ eigentlich nur die Entscheidung zu, allein zu bleiben und frei zu sein. Das entschied er dann auch und wandte sich in folgender Weise an seinen Vater und Selma.

Papa,

zunächst möchte ich Dir nochmals für Deine Bereitschaft danken, mit mir unter einem Dach zu wohnen und mir hilfreich zur Seite stehen zu wollen. Du willst wieder mehr mit mir zu tun haben, solange Du dafür noch gesund genug bist. Doch da werde ich Dich enttäuschen müssen; denn mein Beruf beschäftigt mich außerordentlich. Oft bin ich zehn Stunden am Tag mit meiner Arbeit befasst und habe wenig Zeit für andere Aktivitäten. Dass Dir das klar ist, weiß ich. Dass es sich doch für Dich anders darstellen wird, als Du es Dir vorstellst, allerdings auch. Enttäuschen will ich Dich nicht, undankbar erscheinen ebenfalls nicht. Keine Zeit für Dich zu haben, obwohl Du Dich um mein Wohlergehen bemühst, würde mir sehr schwerfallen. Mir ist die Entscheidung

nicht leichtgefallen. Doch besser ist, wenn ich Dich künf-
tig öfter als bisher besuche, als dass Du zu mir ziehst und
viel zu oft auf mich wartest.

Herzlich – Richard

Der Brief an den Vater fiel ihm schwerer als der an
Selma. Denn sein Vater machte sich trotz seines Al-
ters auf den Weg zu ihm; dem gerecht zu werden,
sah er sich außerstande. Deshalb lehnte er den Vorschlag des Vaters ab und versprach, ihn öfter auf-
zusuchen. So stand er als Sohn zu seinem Vater, sah
aber anders für sich keine Möglichkeit. Bei Selma
stand er ganz anders da.

Selma,

nun kennen wir uns schon ein gutes Jahr, haben vonei-
nander erzählt, uns ausgetauscht und manches erlebt,
woran ich gern denke. Immer wieder tritt die Frage auf,
ob wir unser Leben gemeinsam fortsetzen und es gemein-
sam gestalten wollen: Ein Leben in Partnerschaft und da-
mit auch ein Haus für Dich und mich. Auf den ersten
Blick sieht das wunderbar aus. Doch weißt Du, weiß ich,

ob wir tatsächlich als Partner zusammenpassen? Bis ins Letzte wird man das niemals wissen. Doch sich auf einen Menschen einzulassen, ohne gut genug zu verstehen, wie mit ihm als Partner umzugehen, ist keine gute Voraussetzung für ein gemeinsames Leben. Lernen lässt sich in dieser Hinsicht, aber ist, was man lernt, genug? Keinen Grund habe ich, die Beziehung mit Dir zu beenden, aber auch keinen, um sie um jeden Preis zu intensivieren. Wie sie jetzt ist, eine gute Bekanntschaft, wird sie weiter gut passen. Wenn ein Haus der Grund sein sollte, enger zusammenzurücken, spielt eine Rolle, was nicht unmittelbar zur Partnerschaft gehört; das ist Dir sicher bewusst. Auf die nächste Begegnung, die wir haben, freue ich mich. Unternehmungen mit Dir zählen zu den Höhepunkten in meinem oft etwas eintönigen Leben.

Ganz herzlich – Richard

Dieser Brief machte Selma unglücklich. Mehr noch fühlte sie sich von Richard abgelehnt, der nicht wusste, was er für sich wollte, und sie als Partnerin verstieß. Er war wohl doch zu alt für sie. Niemand wäre besser für ihn als sie, das liege doch auf der Hand, sagte sie sich oft. Was ihr für eine Liaison mit ihm fehle, verstand sie nicht. Hinter seinem Haus sei sie doch gar nicht her gewesen, das bilde er sich nur ein. Selma zog sich traurig und mit einigem Groll von Richard zurück. Eine „nächste Begegnung" gab es nicht.

Neuanfang?

Richard war froh, dass er sich so entschieden hatte. War es sein Aufenthalt am See, der ihn darin bestärkte, als er zuletzt und nach langer Zeit wieder einmal in seiner Heimatstadt war? Genau wusste er das nicht, doch möglich war es. Ganz ohne Einfluss war „sein Freund", der See, nicht gewesen. Mit Freiheit und Ruhe hatte er Richard zu seinem Vorteil beschenkt; er ließ seine Freunde doch nicht im Stich.

Was geschah nun mit dem Haus, das Richard allein bewohnte? Obwohl er es so lange mit Nicole und den Kindern wie in den vergangenen drei Jahren auch allein sehr geschätzt hatte, wurde es ihm immer mehr zur Last; es war das Band oder die Brücke zu seiner Familie, die es nicht mehr so gab wie früher. Möglich, dass die Kinder vor ein paar Jahren das Haus noch als ihren Lebensmittelpunkt bezeichnet hätten, obwohl sie bereits studierten, mittlerweile waren sie viel zu wenig zu Hause, um weiter von einem Mittelpunkt ihres Lebens sprechen zu können. Das Haus wurde eher zum Denkmal seiner Familie, die einmal dort gelebt hatte: beengend, bedrückend, beschwert von Traurigkeit – das wollten

Nike und Victor nicht, seit ihre Mutter dort gestorben war. Richard entging das nicht und vermutete, bald für immer allein in seinem Haus zu sitzen. Er wäre dann der Einzige, der in diesen Räumen blieb und an allem hing, was in diesem Haus geschah. Die längste Zeit seines Lebens sei es gewesen, die er in diesem Haus verbracht habe und nun dort beerdige, wenn er weiter dort wohne. Das wollte Richard nicht und sah keinen anderen Weg, als seinen Familiensitz zu verkaufen. Das war zugleich ein Impuls für ein neues Leben und den Blick nach vorne, den er beabsichtigte. Das Haus als Brücke zu allem, was im Blick zurück für ihn vergangen sei, hätte er dann „versilbert" und könnte in ein Leben eintreten, das deutlich freier von familiärer Bindung wäre als sein Leben zuvor.

Er erwog den Verkauf des Hauses, der aber auf sich warten ließ. Denn wenn Richard über den Verkauf hinaus auch stärker selbstständig werden wolle, müsste er sich überlegen, ob er in der Stadt bleiben oder sich an einen anderen Ort bewegen sollte. Stellvertreter des Landgerichtspräsidenten wollte er nicht für immer sein. Vielmehr lag ihm an Veränderungen, die ihn von den Bindungen dieser Position befreiten, die ihn ausnutzte, klein machte und nicht weiterbrachte. Den Rest seines beruflichen Lebens bliebe er doch Stellvertreter, wenn er die fälligen Konsequenzen nicht ziehe und sich um eine andere Stelle bemühe. Allerdings war er als Stellvertreter gut dotiert. Obwohl andere Positionen deutlich mehr leitende Verantwortung umfassten als die seiner Stellvertreterstelle, ließen sie hinsichtlich ihres Gehalts sehr zu wünschen übrig. Was wollte er? Wo sah er sich, wenn er sein Haus verkaufte? Würde er dann die Verantwortung für das Amtsgericht einer kleinen oder mittelgroßen Stadt übernehmen, um eigenverantwortlich handeln zu können? Er würde weniger verdienen als gegenwärtig, spürbar weniger. Aber mit dem Verkauf des Hauses hätte er keine Geldsorgen; da könnte er sich ein Gehalt, das weniger als das aktuelle war, leisten und hätte dennoch genügend Geld für ein Haus, ein Auto, Urlaube, Reisen und alles, was er auch jetzt hatte. Er würde die Möglichkeit eigenverantwortlicher Gestaltung seines Arbeitsfelds mit allem, was mit der Stadt in diesem Zusammenhang stand, gleichsam kaufen, ohne auf etwas verzichten zu müssen. Das war schon ein großer Schritt. Doch einen Verkauf des Hauses musste er unbedingt mit Nike und Victor als seinen Erben besprechen und einen Alleingang vermeiden, dem sie ihm voraussichtlich übelnähmen. Den Kontakt mit seinen Kindern wollte er auf jeden Fall halten. An einem langen Wochenende mit Feiertag lud er die beiden ein, um über den gemeinsamen Familiensitz mit ihnen zu sprechen.

Familiensitz

Es war Spätherbst, und doch gab es einen sonnigen Tag, der am frühen Nachmittag überraschend warm war. Nike und Victor ließen es sich gut gehen, hatten lecker zu Mittag gegessen, saßen nun in Gartenstühlen auf der Terrasse und schauten in den bunten Herbstgarten. Richard brachte Kaffee und Kekse auf einem Tablett und stellte es auf den gläsernen Gartentisch, der im Sonnenlicht blitzte; er holte noch Milch, drei Wassergläser und Selters und setzt sich zu den beiden.

„Hast du uns eingeladen, um über die Zukunft unseres Hauses zu sprechen?", fragte Nike neugierig, „hast du schon Pläne?"

„Du wirst doch unser Haus nicht verkaufen?", rief Victor aufgebracht, „warum auch?"

„Hättest du Einwände gegen einen Verkauf?", gab Richard zurück.

„Das ist unser aller Haus, das kannst du doch nicht verkaufen, ohne dass wir dem zustimmen", antwortete Victor empört, „und ich bin eindeutig dagegen."

„Was du sagst, stimmt und stimmt nicht", gab Richard zu bedenken, „denn rechtlich bin ich derjenige, der das Haus allein besitzt. Aber ja, als Familie gehört das Haus uns allen."

„Willst du denn unser Haus verkaufen?", fragte Nike.

„Jedenfalls schließe ich das nicht aus", erwiderte Richard, „warum das Haus nicht verkaufen?"

„Wohin willst du dann ziehen?", wollte Victor wissen, „möchtest du deine Stelle hier aufgeben und die Stadt verlassen?"

„In der Tat spiele ich mit solchen Gedanken. Ich kann mir vorstellen, in einer kleinen Stadt weit weg von hier das Amtsgericht zu leiten …"

„… und dafür brauchst du Geld und verkaufst das Haus", unterbrach ihn Victor, „weil du als Leiter eines Amtsgerichts in einer kleinen Stadt viel weniger

Geld verdienst als jetzt. Zumindest, wenn du deinen gehobenen Lebensstil aufrechterhalten willst."

„Ich will nicht mehr Stellvertreter sein, ich will etwas Eigenes", entgegnete Richard.

„Aber dann werde doch irgendwo Landgerichtspräsident wie dein Chef", schlug Nike vor, „und lass unser Haus in der Familie."

„Dem kann ich nur zustimmen", äußerte Victor, „du willst dich freikaufen von deinem Job hier und nimmst uns das Haus, um dir ein Leben wie bisher leisten zu können."

„Für meine letzten zehn Berufsjahre will ich eigene Verantwortung haben", erklärte Richard, „gönnt ihr mir das nicht?"

„Wir verstehen nicht, dass du dich gleichsam aufs Altenteil zurückziehst und dafür unser Haus verkaufst, um genug Geld dafür zu haben", antwortete Nike.

„Was unsere Familie besitzt, verbrennst du für die Leitung eines Amtsgerichts in einer kleinen Stadt", ergänzte Victor, „ich hätte nicht gedacht, dass du ein solcher Spießer bist und in Wahrheit keine Eigenverantwortung suchst, sondern die Ruhe auf dem Land."

„Jetzt mal langsam", brauste Richard auf, „und nicht unverschämt werden! Mit dem Haus kann ich tun und lassen, was ich will, um das nochmals klarzustellen."

„Das kannst du", gab Victor zu, „aber ich verstehe nicht, dass du, was uns allen gehört, allein zu deinem Vorteil verausgabst und mit dem Verkauf des Hauses kompensierst, was du an Gehalt nicht mehr hast, weil du im Amtsgericht einer kleinen Stadt residieren möchtest."

„Wenn wir das Haus hier brauchen, weil Victor oder ich Familie haben, für die ein Haus von Vorteil wäre, was ist denn dann?", fragte Nike erregt, „müssen wir dann auf Etage wohnen, da du das Haus für die Leitung eines Amtsgerichts als eine mehr eigenverantwortliche Position verkauft hast? Das kann doch nicht sein."

„Dass euch an dem Haus so viel liegt, überrascht mich" erwiderte Richard, „das hätte ich nicht gedacht, zumal ihr sehr selten hier seid."

„Solange dieses Haus da ist und uns allen gehört, geben wir es nicht auf", erklärte Victor, „zehn Jahre bist du noch im Beruf aktiv. Wenn du dich bemühst und es ernst damit meinst, wirst du noch die nächsthöhere Position des Landgerichtspräsidenten finden, die du eigentlich suchst."

„Sei nicht altklug", rief ihm Richard verärgert zu, „über die Gestaltung meines Lebensverlaufs werde ich ja wohl selbst nachdenken und entscheiden dürfen."

„Willst du auf diesen wunderbaren Garten tatsächlich verzichten?", wollte Nike wissen, „schöner kannst du's doch gar nicht haben."

Richard schüttelte den Kopf und lächelte. Nike gab er recht. Nach dieser Diskussion blieb er in der Stadt und nahm von dem Gedanken Abstand, seinen Familiensitz zu Geld zu machen und deshalb zu verkaufen.

Social Networks

Beim Internet, das Nikes und Victors Leben prägte, ging es nicht um einen See als Quelle von Inspiration und Kraft, wie ihn Richard hatte, sondern um eine Flut digitaler Anwendungen und Informationen. Diese beiden „Gewässer" waren nicht nur grundverschieden, sie hatten auch nichts miteinander zu tun. Allerdings erwiesen sich beide in ihrer Weise als „Freunde" derjenigen, die sie aufsuchten. Doch während Richards See eine persönliche Angelegenheit darstellte, war das Internet von globaler Reichweite und universaler Verfügbarkeit. Aber entscheidend war, dass das Internet neue Maßstäbe für die gesellschaftliche Entwicklung setzte und zu einem Wertewandel führte. Wie wirkte sich das Internet auf Kommunikation, Information, Geschäftsprozesse, Interaktion, Wissenszugang, Verarbeitung von Daten und vieles andere aus? Was wurde mit dem Internet aufgewertet, was abgewertet? Das wurde Nike und Victor deutlich, die das Internet tagtäglich in ihrer Freizeit und für ihr Studium nutzten.

Ging es tatsächlich um dein Haus? fragte eine Freundin von Nike per SMS, nachdem sie mit Victor bei ihrem Vater gewesen war.

Wie kommst du darauf? gab Nike zurück.

Vor ein paar Tagen hast du davon geredet.

Ach so, ja, über das Haus haben wir gesprochen. Unser Haus verkauft mein Vater nicht.

Mensch, Nike, dann bist du reich. Kannst du mir ein Foto posten?

Kann ich machen. Aber das Haus gehört nicht nur mir allein.

Hast du noch Geschwister?

Einen Bruder – hier ist das Foto und auch eins von uns dreien.

Mensch, ist das toll. Wenn du mal Kinder hast, ziehst du dort ein. Habe ich recht?

Woher weißt du das?

Ach, Nike, ich kenne dich doch. Deine Fotos habe ich mal auf Instagram gepostet: Nike's home with brother Victor and Pa.

Spinnst du? Das stimmt doch gar nicht.

Ist doch egal – du hast doch das Haus.

Wenn da jetzt jemand einbricht, weiß ich warum …

Bis bald wieder einmal, Nike, ich muss in die Uni.

Wenig später postete ein Freund an Victor auf Twitter:

Das ist interessant. Deine Schwester erbt euer Haus und du gehst leer aus.

So ein Unsinn! Wer sagt denn das?

Irgendeine Freundin, die deine Schwester kennt, auf Instagram.

Unser Haus erben wir beide. Mein Vater wollte das Haus verkaufen, macht das jetzt aber nicht.

Im Netz steht Nike's home with family.

Danke für den Tip – ich wende mich gleich an Nike.

Auf Facebook war mit einem Schülerfoto von Nike und „ihrem" Haus zu lesen:

Diese junge Dame, die ihr Bafög-finanziertes Studium zur Hälfte absolviert hat, besitzt nun schon ein Haus. Nach Abschluss ihres Studiums zieht sie dort ein. Das wirft Fragen auf: Warum kann sie ihr Studium nicht voll bezahlen?

Dieser Sozialneid ist widerlich. Darf man denn nichts mehr haben? Vielleicht hat sie nur Glück gehabt.

Bekommt die wirkliche Bafög? Ich fasse es nicht: Papas Steuertrick!!! Doch das kommt alles raus.

Besser Hausbesetzer als Hausbesitzer! Doch mit den Studis von heute geht nichts mehr. So einen Garten hätte auch ich sehr gern.

Victor mit einer SMS an Nike:

Welchen Müll posten deine Freunde bei Instagram und Facebook: Du hast ein Haus - ich nicht?

Tut mir leid, Victor! Eine Freundin von mir hat das in die Welt gesetzt.

Warum forderst du sie nicht auf, die Fotos sofort zu löschen, wenn es dir leidtut? Bist du dafür zu blöd?

Kann gerade nicht. Bin im Labor. Mache ich später – versprochen! Ja, verstehe.

Die Diskussion auf Facebook setzte sich fort:

Wenn Papa ein Jurist ist, bekommst du Bafög und ein Haus. Mein Papa ist das leider nicht.

Das sind die, die uns das Bafög und die Studienplätze stehlen. Warum studiert die junge Hausbesitzerin denn überhaupt noch?

Wer sich über die Kleine aufregt, will doch selbst ein Haus. Anderen vorzuwerfen, ein Haus zu haben, wenn sie noch jung sind, ist purer Neid.

Die Familie habe ich mal gegoogelt: Der Vater Richter, die Mutter Anwältin. Die, der das Haus gehört und Bafög bezieht, hat noch einen Bruder. Gibt's noch ein zweites Haus? Das vermute ich.

Zwei Häuser für zwei Kinder – beide Bafög und für beide ein Haus. Da hat Papa gut vorgesorgt.

Das macht ein Richter? Gerechtigkeit ist doch etwas anderes. Warum ist denn die Mutter tot?

Nike mit einer SMS an ihre Freundin:

Bist du total verrückt? Mit deinem Posting auf Instagram hast du einen Shitstorm gegen meinen Bruder und mich ausgelöst. Bist du neidisch?

Was quatschst du da? Versteh ich nicht. Ich dachte, darüber freust du dich. Warum hast du mir die Fotos geschickt?

Bestimmt nicht für Instagram! Was für ein Unsinn! Und dann schreibst du noch, dass mir das Haus allein gehört. Victor ist stinkesauer.

Ich fand die Story mit dem Haus so nett – die passt so gut zu dir. Sorry, wenn das nicht ganz stimmt.

Nimm dein Posting sofort zurück. Mir ist klar, dass Löschen nicht viel hilft. Aber dann stehst du wenigstens zu deinem Fehler.

OK, Nike, ich versuche es. Dein Problem ist mir klar.

Lüge oder Wahrheit

Wieder die Diskussion auf Facebook:

Das zweite Haus ist in einer kleinen Stadt, das Haus des Großvaters der beiden Erben. Der Vater der beiden hat dieselbe Heimatstadt wie ich. Der Großvater war dort Schuldirektor.

Mich würde interessieren, was Nike und Victor zum Thema Hausbesitz und Bafög sagen. Solidarität ist für die beiden offensichtlich ein Fremdwort.

Oder wir fragen mal den Richter nach seinem Trick. Hat jemand die Kontaktdaten? Ich glaube der heißt Richard und arbeitet beim Landgericht in der Heimatstadt der beiden Hausbesitzer.

Der hat eine hohe Position dort – den finden wir.

Was ihr da vorhabt, ist unterirdisch. Ihr könnte den Vater der beiden hier doch nicht zur Rede stellen.

Diese Meinung teile ich – unmöglich! Auch die öffentliche Kritik an Victor und Nike geht gar nicht. Einfach so über die beiden herzuziehen, ohne genau informiert zu sein – es ist nicht zu glauben, einfach nur peinlich!

Infos in der Sache gibt es genug, sogar Bilder. Sind wir mal nicht zimperlich. Immerhin ist der Vater Richter, der besser als jeder von uns wissen sollte, was gerecht ist.

Wer unsere Gesellschaft dermaßen ausbeutet wie diese beiden Jungmillionäre, der verdient keine Schonung. Da passt nur Klartext.

Zwei Häuser und Bafög und die wohnen noch im Studentenwohnheim. Das ist tough. Am Ende haben sie jeder noch ein Auto. Reiche können nie genug kriegen ...

Victor an Nike per Mail:

Hallo Nike, deine Freundin hat ihr Posting auf Instagram gelöscht. Immerhin, auch wenn es nicht viel hilft. Ich danke dir für deine Aufforderung an sie. Hast du mitbekommen, was auf Facebook abgeht? Da werden Papa und wir verprügelt, ein Shitstorm, den wir bald auch auf Twitter haben werden. Dagegen müssen wir was tun, da müssen wir gegenhalten. So geht das nicht weiter. Uns stellt man wegen angeblichem Hausbesitz und Bafög an den Pranger. Bafög und Hausbesitz, das ist kompletter Bullshit. Willst du was schreiben oder soll ich das machen? Es muss schnell gehen – viel Zeit haben wir nicht.

Nike per SMS zu Victor:

Hallo Victor, was auf Facebook abgeht, habe ich bisher noch nicht gesehen. Hatte den ganzen Tag zu tun. Das hole ich gleich nach und mache einen Entwurf für eine Stellungnahme; den sende ich dir zu. Immerhin ging der Shitstorm von mir und meiner Freundin aus – du hörst von mir.

Jetzt brach die Welle auf Twitter los:

Was ist mit Nikes und Victors Mutter? Hat die auch Dreck am Stecken?

Tochter eines schwerreichen Insolvenzanwalts, daher kommt die Gier.

Habe gehört, dass sie tot ist – schon länger. Todesanzeige ist im Netz.

Wahrscheinlich Selbstmord, oder?

Kann auch Krebs gewesen sein, keine Ahnung! Aber warum kein Suizid?

Das ist doch ein klarer Fall. Die verzweifelte an ihren Früchtchen.

Nach Abstimmung mit Victor veröffentlichte Nike eine Stellungnahme auf Facebook:

So viel Fake News – das ist unglaublich. Mein Bruder und ich sind das nicht. Wir sind keine Bezieher von Bafög. Unser Studium wird von unseren Eltern bezahlt. Wir sind keine Hausbesitzer. Das Haus, das meinem Vater gehört, werden wir möglicherweise erben. Das Haus unseres Großvaters hat nichts mit uns tun. Weder Victor noch ich haben ein Auto. Wer behauptet, dass wir die Gesellschaft ausbeuten oder unser Vater juristisch trickst, redet einfach nur Unsinn und ist schlicht ein Lügner. Die Vorwürfe gegen unsere Familie sind außerordentlich unverschämt. Andere schlecht zu machen, um sich selbst gut zu fühlen, ist würdelos und schändlich. Hört endlich auf damit und lasst uns in Ruhe!

Doch Nikes Stellungnahme half nicht; denn sich über andere zu empören und dabei alles besser zu wissen, war eine viel zu große Versuchung, um davon Abstand zu nehmen. Auf Twitter setzte sich die Welle fort:

Jetzt wird es moralisch: Die Guten wir, die Schlechten ihr – typisch!

Wie kaputt ist diese Familie! An Scheinheiligkeit nicht zu übertreffen.

Das ist falsch. Scheinheilig sind viele in diesem Chat, die Familie nicht.

Das teile ich. Was hier über Nike und Victor behauptet wird, geht zu weit. Ich kenne die beiden.

Glaubt jemand diesem Statement? Ich nicht. Alles Schutzbehauptungen und Lügen.

Richtig! Es ist unglaublich, was diese Stellungnahme an Unwahrheiten enthält.

Der Papa der beiden hat eine sexy Freundin. Hier ein Foto – ist kein Model, sondern beim Fernsehen.

Sie mal einer an: Das leistet sich der Herr Richter. Kein Wunder, dass ihm die Frau abgeht.

Dann lebt jetzt diese Tussi mit dem Papa in Nikes Haus?

Bis vor Kurzem noch verheiratet, jetzt diese TV-Blondine. Noch Fragen?

Was geht euch das an? Über eure Lebenspartner soll auch niemand herziehen. Das ist nicht mein Ding.

Klar! Aber ich bin kein Richter beim Landgericht und leiste mir so was.

Was wollt ihr denn noch von den beiden, die ihr Erben nennt? Ist es nicht langsam genug?

Du bist der Meinung, dass wir die Kleinen in Ruhe lassen sollten, weil sie nicht böse sind?

Böse sind die nicht. Die sind so erzogen und deshalb so gierig.

Lüge, alles Lüge, einfach nur unverschämt!

Junge Werte

Geld spielte für Nike und Victor schon eine Rolle. Nicht dass es im Mittelpunkt ihres Lebens stand. Doch die Wahl ihrer Studienfächer war auch an Verdienstmöglichkeiten orientiert und übertraf bisweilen Interesse und Spaß an ihrem Studium. Damit waren sie nicht allein. Denn Geld war auch der Auslöser des Shitstorms, den sie erleben mussten. Der Ausgangspunkt aller Unterstellungen war die Behauptung, dass sie ungerechtfertigt reich und zugleich Bezieher sozialer Leistungen wie Bafög waren. Niemand bei Twitter und Facebook wusste, wie sich das tatsächlich verhielt.

Doch im Internet gab es auch andere Themen als Geld und Reichtum, mit denen Nike und Victor sich befassten. Nike beteiligte sich an Aktionen zum Klimaschutz. Victor beschäftigte sich mit Fragen zur Verkehrswende. Schonende Ressourcennutzung war beiden ein großes Anliegen für ihre Zukunft. Für diejenigen, die sich intensiv damit befassten, existierten Expertenchats. Zu beiden Themen liefen aber auch Diskussionen auf Facebook und Twitter.

Widerspruch gegen den Klimaschutz und die Verkehrswende wurden meistens dort vorgebracht

Wie ließen sich welche Ziele erreichen, ohne dass die Gesellschaft daran zerbrach? Welche Maßnahmen konnten politisch vertreten werden und waren wirtschaftlich zumutbar? Den Mitgliedern der Gesellschaft lag selbstverständlich am Erhalt ihres Lebensraums. Doch die Maßnahmen und Wege, dies zu gewährleisten, waren umstritten. Denn deren Lasten und Risiken schienen unterschiedlich verteilt zu sein, was deshalb oft als ungerecht und unzumutbar verurteilt wurde. Den idealen Mittelweg, um es allen recht zu machen, gab es nicht. Deshalb stellten sich viel Verdruss und kaum Zufriedenheit ein, aber auch Angst vor Verlust oder erzwungenem Verzicht.

Kompromisse oder auch Mut zur Lücke gab es viel zu wenig, um die Ziele für den Erhalt des Lebensraums von Menschen, Pflanzen, Tieren erfolgreich zu realisieren. Gab es Lösungen dafür? Diese Frage bewegte Nike und Victor. Doch an Kompromissen und Solidarität zu glauben, fiel auch ihnen nach dem Shitstorm schwer, den sie erlebt hatten. Aber wie dann? Herkömmliche Werte als Konsens aller

Mitglieder der Gesellschaft, wie sie ihr Großvater repräsentierte, gab es nicht mehr. Richard bot ein gutes Beispiel, sich aus dem Wertekosmos seines Vaters zurückzuziehen und sich seine eigene Wertewelt zu schaffen. Die hohen Freiheitsgrade und der unbedingte Wunsch nach Selbstverwirklichung hatten sich dabei zu Ansprüchen etabliert. Das machte Kompromisse, die unumgänglich waren, äußerst schwierig. Strittige Positionen waren zahlreich, einvernehmliche Lösungen dagegen selten:

Warum glaubt nur eine Minderheit an Klimawandel? Der ist doch evident.

Warum soll ich an etwas glauben, das meine Lage stark verschlechtert? Die Gesamtsituation wird deshalb auch nicht besser.

Haben denn Wetterextreme keine Auswirkungen – Dürre, Stürme, Überschwemmungen? Die Katastrophen nehmen doch deutlich zu.

Das hat es immer schon gegeben. Aber das will keiner wissen. Die meisten Maßnahmen führen zu nichts, sondern machen alles noch schlimmer.

Macht es denn Sinn, wenn unser Land Klimaschutz praktiziert, andere, große Länder hingegen nicht?

Ein Vorbild abzugeben, sollte nicht schaden – im Gegenteil!

Wäre schön, wenn unser Land tatsächlich vorbildhaft wäre. Aber davon kann nicht die Rede sein bei dem Chaos, das wir haben.

Heißt das, wir müssen neue Wege gehen? Auf Kreativität und Zufall setzen und nicht auf Sicherheit? Das kann doch keine Lösung sein.

Aber ist Sicherheit eine Lösung? Unser Streben nach Sicherheit sorgt noch viel weniger für eine Lösung; das erleben wir Tat für Tag mit der allmächtigen Bürokratie.

Super wäre, mal was zu Ende zu denken, wie zum Beispiel die Verkehrswende.

Statt mehr öffentlichem Nahverkehr gibt es immer weniger - der wird immer teurer, ohne besser zu werden. Da bleibe ich doch besser bei meinem Auto.

Besser kein Auto als eines, das mit fossilem Brennstoff fährt – das bringt uns nie ans Ziel.

Aber fossile Energie lässt sich nicht einfach abschalten. Die Folgen für die Industrie und die dort Beschäftigten sind verheerend und wären der sichere Ruin.

Mehr Mut zu Sonnen- oder Windenergie oder auch Erd-
wärme! Wenn das für Privathaushalte passt, machen wir
einen großen Schritt nach vorn.

Recycling ausrangierter Geräte und von Hausmüll wird
jetzt schon praktiziert – da geht noch mehr.

Die komplette Umstellung der Wirtschaft ist nur mit
Förderung und Kompromissbereitschaft denkbar. Wenn
das nur bei uns passiert, ist das Risiko viel zu hoch.

Aufschub ist keine Lösung. Was wir jetzt nicht angehen,
wird später bestimmt nicht leichter. Obwohl die Bedro-
hung unseres Lebensraums ständig zunimmt, bleibt Ein-
vernehmen über notwendige Maßnahmen aus. Und
nun?

Gab es nur Kompromisse, wenn sie von staatlicher
Seite subventioniert wurden? War notwendiger
Verzicht nicht möglich, da er als ungerecht empfun-
den wurde? Welche Maßnahmen waren einver-
nehmlich? Diese Fragen konnten auch Nike und
Victor nicht beantworten, die Fragen gaben allerdings zu erkennen, worauf es ankam. Insofern war
ein gemeinsamer Wertekosmos vorstellbar. Allerdings keiner, der wie früher zum Vorteil einer ge-

sellschaftlichen Schicht gelebt wurde, sondern einer, der schichtenunabhängig auf der Einsicht einer Bedrohung des Lebensraums von Menschen, Pflanzen und Tieren beruhte. Akzeptanz fanden diese Werte nur im Einzelfall. Konsens in der Gesellschaft waren die Einsicht der Bedrohungen und absehbar notwendige Maßnahmen nicht.

Für Nikes und Victors Zukunft stellten Kompromisse und Verzicht keine Gefährdungen dar; sie dürften gut genug verdienen. Gefährlich werden konnten ihnen allerdings ein Verlust von Berufen, die sich im Zuge der Veränderungen wirtschaftlich nicht mehr lohnen würden. Unabhängig vom gesellschaftlichen Wandel halfen gute berufliche Perspektiven nicht. Das machte es den beiden nicht immer leicht, zu ihren Werten und deren Umsetzung zu stehen. Vielleicht erklärte dies, dass sie so sehr an dem Haus ihrer Familie hingen – als Versicherung in schlechten Zeiten. Doch Herausforderungen zu ignorieren und zu vereinfachen, das war nicht ihr Ding; darauf ließen sie sich nicht ein. Sie setzten sich für ihre Vorstellungen und ihre Werte in der Hoffnung ein, ihren Lebensraum erhalten zu können – das war ihr höchstes Ziel.

Karrieresprung

Das Internet ließ Richard nicht an sich vorbeigehen; er nutzte es, um sich zu informieren und nach Antworten auf Fragen zu recherchieren, die sich in seinem Alltag stellten. Doch Diskussionen auf Facebook und Twitter verfolgte er nicht, wie das Nike und Victor machten; daran hatte er kein Interesse, noch hielt er etwas von diesen Diskussionen. Denn nach seinem Eindruck wurde dort nicht miteinander gesprochen, sondern die Teilnehmerinnen und Teilnehmer riefen sich Auffassungen, Argumente oder Befindlichkeiten zu, ohne dass sie dabei aufeinander eingingen. Ärger, Freude, Unmut, Hass, Zuneigung, Sympathie und Spott wurden gleichsam ausgespuckt. Die Nutzerinnen und Nutzer äußerten und schrieben viel, doch eine Diskussion, ein themenorientierter Austausch war das nicht. Jedenfalls sah das Richard so und sah sich deshalb in keiner Weise veranlasst, soziale Netzwerke zu nutzen; er bevorzugte Gespräche - face2face - aber keine virtuellen Interaktionen. Wäre er jünger, im Alter seiner Kinder, würde er Diskussionen womöglich ähnlich sehen wie sie und hätte die Angriffe auf Nike und Victor wie auch auf ihn verfolgt. Aber das war nicht der Fall.

Richard war mittlerweile zum Präsidenten des Landgerichts in der großen Stadt ernannt worden und damit am Ziel seiner beruflichen Karriere. Da er im Landgericht hochgeschätzt wurde, war er umgehend auf diese Position berufen worden, nachdem der bisherige Landgerichtspräsident, sein Vorgesetzter, überraschend den Dienst quittiert hatte. Warum, blieb zunächst ungeklärt. Dass er sich etwas zu Schulden hatte kommen lassen, vermutete niemand. So wurden die Gründe für seinen plötzlichen Rücktritt eher als ein Krankheitsfall oder als ein Schicksalsschlag in seiner Familie diagnostiziert. Tatsächlich war aber seine Weste doch nicht so weiß wie alle dachten. Denn als Richter wie als Landgerichtspräsident genoss er viel Anerkennung und hohen Respekt. Aber er erlag dem Sex-Appeal einer jungen Sekretärin, die er unlängst selbst eingestellt hatte, und trat ihr mehrfach zu nahe, obwohl sie sich schon beim ersten Mal gewehrt hatte. Äußerst enttäuscht, dass sie nicht bereit war, sich auf ihn einzulassen, drohte er ihr mit Kündigung. Doch dieser Fehltritt erwies sich als Bumerang. Um eine Eskalation in der Angelegenheit zu vermeiden, zog er von sich aus die Konsequenzen und ging. Im Sinne der Schadensbegrenzung schwiegen diejenigen, die von dem Vorfall wussten, kehrten ihn unter den Teppich und ließen den Zwischenfall auf sich beruhen. Aber Richard erfuhr dennoch davon. Denn um dergleichen nicht ein weiteres Mal zu erleben, deutete die betroffene Sekretärin ihm die Gründe für den Rücktritt seines Vorgängers an.

„Herzlichen Glückwunsch, Herr Landgerichtspräsident!", begrüßte sein Vater ihn, als Richard nach seiner Ernennung bei ihm zu Besuch war. Der Vater war stolz über die Karriere seines Sohnes und sah seine Erziehung in vollem Umfang bestätigt. Fühlte er sich von Richard überholt? Das vielleicht nicht. Aber auf jeden Fall habe Richard mit diesem Karrieresprung bewiesen, dass er doch als Erbe der Familientradition zu betrachten sei: Intelligent, tüchtig und an den Werten des Abendlandes orientiert.

„Menschen wie dich braucht die Gesellschaft, die gerade unter jungen Menschen kaum mehr zu finden sind", lobte er seinen Sohn, „in deiner neuen Rolle bist du ein Vorbild."

„Du übertreibst", erwiderte Richard, „werden denn Vorbilder heute noch gebraucht? Ist ein Leben ohne Vorbilder nicht leichter?"

„Gerade junge Leute brauchen Vorbilder, sind darauf angewiesen", gab der Vater zurück, „Internet und Computer bieten das nicht."

„Aber ein Landgerichtspräsident ist doch kein Vorbild für die Jugend. Der Mehrheit der jungen Leute ist überhaupt nicht klar, wer oder was das ist."

„Dieses Problem haben Schuldirektoren nicht; die kennen alle. Um so mehr müssen Schuldirektoren Vorbilder sein wie auch Lehrer. Doch für Studenten der Rechtswissenschaft können auch Landgerichtspräsidenten Vorbilder abgeben; da bin ich mir sicher."

„Ich freue mich, dass du stolz auf mich bist. Das war nicht immer so."

„Es gab Zeiten, da hast du im Hinblick auf Ehrgeiz und Leistung zu wünschen übriggelassen. Da habe ich mir viele Fragen gestellt und mich manchmal sogar geärgert. Dass du nicht wusstest, was du willst, hat auch deine Mutter besorgt. Ja, deine Unentschlossenheit war schon merkwürdig. Aber größere Sorgen hast du uns nicht gemacht. Darüber waren wir froh."

„Unsere Kinder haben wir falsch erzogen. Deine Kritik ist mir noch gut im Ohr. Nike studiert Medizin, Victor Wirtschaftsinformatik – beide mit gutem Erfolg. Da haben Nicole und ich doch alles richtig gemacht. Oder nicht?"

„Das so viele Frauen berufstätig sind, wird noch zu einem großen Problem", sagte der Vater besorgt.

„Wie sehen das Marie-Luise und Katharina? Sind die beiden etwa berufstätig oder ist es dazu nicht gekommen? Solange ihre Kinder zur Schule gingen, waren sie Hausfrauen und hatten keinen Beruf ergriffen. Das vermittelte mir den Eindruck, dass meine beiden Schwestern mit Beruf und Familie ähnlich umgingen wie Nicole: Eine gute Ausbildung, doch stets hat die Familie Vorrang."

Doch Richard wusste nicht alles.

Marie-Luise

Nach Abschluss der Schule mit ihrem glänzenden Abitur hatte Marie-Luise eine Ausbildung zur Krankengymnastin gemacht. Mit einiger Begeisterung arbeitete sie im Anschluss daran im städtischen Krankenhaus. Die Tätigkeit brachte sie mit Menschen zusammen, deren Beweglichkeit sie zu befördern verstand; das freute sie. Nach einer etwa einjährigen Berufspraxis heiratete sie Rolf, der äußerst erfolgreich Hausarzt mit eigener Praxis war, die sich in der Heimatstadt von Marie-Luise, Katharina und Richard befand. Dieser Weg, den Marie-Luise nahm, war in voller Übereinstimmung mit ihren Eltern und genau der, den sich ihre Eltern für sie vorstellten.

Konnte sich auch Marie-Luise nichts anderes vorstellen? Sah sie in diesem Lebensverlauf ihre einzige Chance? Sie war eine schöne, schlanke, hochgewachsene Frau, die mit ihren großen, blauen Augen und langen schwarzen Haaren sehr begabt und klug wirkte, was sie tatsächlich war. Mit ihrem vorzüglichen Abitur hätte sie gerne Medizin studiert und hatte diesen Wunsch ihren Eltern auch unterbreitet, aber fand dafür in ihrem Umfeld überhaupt kein Verständnis. Sie sei die bessere Mutter, wenn sie nicht studiere, und schließlich wolle sie doch eine gute Mutter sein. Mit dem richtigen Mann gelinge das viel besser als mit Studium und Beruf, den sie dann absehbar ausübe, gaben die Eltern ihr zu verstehen.

Als Rolf, den sie auf dem Stadtfest traf, als Bräutigam um sie warb, setzten ihre Eltern alles daran, dass sie sich mit diesem heimatverbundenen, wenig intellektuellen, aber offenbar sehr erfolgreichen Arzt verband. Dem konnte sich Marie-Luise nicht widersetzen und ging die Ehe mit Rolf ein, der kräftig, aber kleiner als sie war, blondes, strähniges Haar und ein rundes Gesicht hatte und den ein satter Bauch schon in jungen Jahren unübersehbar machte. Für elterliche Anerkennung sorgte weniger abendländische Bildung, wie zu erwarten war, als vielmehr sein ausgeprägter Geschäftssinn, der mit einer prosperierenden Hausarztpraxis zu Recht eine sichere Karte versprach. Zugleich konnte Marie-Luises Vater seinen Anspruch als Welterklärer weiterhin unbestritten aufrechterhalten und in Rolf einen zwar seltenen, aber aufmerksamen Zuhörer seiner Weltsicht finden, wenn seine Praxis einen Besuch beim Schwiegervater auf ein Glas Wein erlaubte.

Marie-Luise bekam drei Söhne, von denen der erste ihrem Vater, der zweite Rolfs Mutter und der dritte Rolf glich, sowie eine Tochter, die sehr viel Ähnlichkeit mit ihr hatte. Die Familie lebte zuerst in dem Haus zur Miete, in dem sich die Praxis befand, sollte aber alsbald in einer Siedlung am Rand der Stadt in einem Einfamilienhaus mit großem Garten wohnen, das Rolf erworben hatte. In der Siedlung gab es viele andere Kinder, mit denen sich Marie-Luises Kinder anfreunden konnten. Im Umfeld der Mietwohnung, die nicht weit entfernt vom Stadtzentrum über der Praxis lag, waren bei Weitem nicht so viele Kinder wie in der Siedlung, die sich als Freunde fanden, und eine verkehrsreiche Straße, die gefährlich war.

Für Marie-Luise bot die Nähe zum Stadtzentrum aber auch einige Abwechslung. Dort traf sie Bekannte und Freunde aus früheren Zeiten. Die dort versammelten Geschäfte hatten attraktive Angebote. Leckere Restaurants fanden sich gleich um die Ecke. Das wurde ganz anders als sie in ihr Haus in der Siedlung zogen. Die bisher leicht zugänglichen Attraktivitäten und Unterhaltungsmöglichkeiten gerieten aus dem Blickfeld; sie zu erreichen, forderte allerhand Bemühungen. Solange Praxis und Wohnung sich in einem Haus befanden, war Rolf viel mehr mit der Familie zusammen als im Haus am Stadtrand. Vor allem abends war das für die Kinder wie für Marie-Luise wunderbar, wenn es um das gemeinsame Abendessen ging oder um Spielen und Vorlesen vor dem Zubettgehen.

In der Siedlung gelang das viel seltener; da wurde oft auf Rolf gewartet, der sich abends jetzt nicht mehr so ohne weiteres mit der Familie zusammensetzen konnte, weil der Weg dafür viel zu weit war und er mehr als bisher zu tun hatte, wie es hieß. Immer öfter waren die Kinder bereits im Bett, wenn Rolf nach Hause kam. Dann saß er mit Marie-Luise zusammen, aß mit ihr, trank ein Glas Wein, oder sie sahen sich Filme im Fernsehen, auf DVD oder auf dem Videorekorder an. Kam er abends richtig spät nach Hause war er beim Tennis oder beim Stammtisch der in der Stadt beschäftigten Ärzte. Während Rolf auswärtig war, kümmerte sich Marie-Luise um alles, was tagsüber liegengeblieben war, wenn sie

Wäsche wusch, bügelte, aufräumte, Briefe beantwortete oder sauber machte.

Zu einem gesellschaftlichen Leben, wie es ihre Eltern hatten und ihre Mutter fleißig gepflegt hatte, kam es nicht, so dass sie dafür keinerlei Verantwortung übernehmen musste. Hin und wieder lud sie Eltern von Kindern aus der Siedlung ein, mit denen Rolf und sie lose befreundet waren. Dann gab es Fondue, Pizza, Spaghetti oder im Sommer Barbecues meistens mit allerhand Bier und manchmal Wein. Neue Gesichter fanden sich häufig von Zugezogenen, die wie Rolf und Marie-Luise in der Siedlung wohnten. Wer aus der Stadt nach draußen zog, war den beiden oftmals von Ausbildung oder Schule bereits bekannt. Insofern war eine freundschaftliche Atmosphäre derjenigen wahrzunehmen, die etwa im gleichen Alter gemeinsam Kinder in Schule und Kindergarten hatten und sich darüber austauschten wie auch von ihren Erlebnissen im Beruf berichteten.

Große oder bewegende Debatten zu gesellschaftlichen oder zu politischen Fragen waren selten und wurden nur ausnahmsweise vor Bundes- oder Landtagswahlen und Kommunalwahlen geführt

oder wenn es zu irgendwelchen Politskandalen gekommen war. Größere Aufregung, Probleme und
Sorgen gab es auf diesen Zusammenkünften nicht
und waren deshalb fremd; das war beruhigend, bisweilen aber auch langweilig. Offenbar hatten alle an
den Treffen Beteiligten mit ihren täglichen Aufgaben genug zu tun und keinerlei Motivation, mit
konfligierenden Diskussionen darüber hinauszuge-
hen. Andere Themen wurden angesprochen, wenn
die Eltern von Marie-Luise auf Enkelbesuchen waren. Dann ging es um Ereignisse aus Gesellschaft,
Kultur und Politik, von denen Marie-Luise und Rolf
noch nicht gehört hatten. Denn üblicherweise beschäftigten sie sich damit nicht.

Rolf und Marie-Luise waren sich genug und treu in
ihrem Haus in der Siedlung, hatten sich gemütlich
eingerichtet und für ihr Zusammenleben einen
Rhythmus gefunden. Aufregend war das nicht, sondern eher eintönig, was vor allem Marie-Luise zu
schaffen machte und sie Rolf auch nicht ver-
schwieg: Sie bedaure, nicht studiert zu haben – es
wäre Medizin gewesen. Doch ihre Eltern hätten das
nicht gewollt.

„Willst du in meiner Praxis tätig werden?", fragte Rolf.

„Krankengymnastik existiert in deiner Praxis nicht. Wie soll ich dort tätig werden?"

„Ich werde eine Therapiemöglichkeit unter dem Schirm meiner Praxis für dich ermöglichen; das ist kein Problem, muss aber sauber geregelt werden. Der Bedarf nach krankengymnastischer Behandlung ist durchaus hoch. Der bestehende Aufwand ist überschaubar. In drei Monaten wirst du beginnen können", setzte er fort, „wir müssen noch einen Raum für dich präparieren und die Voraussetzungen schaffen, um deine Therapie in die Verwaltung meiner Praxis einzubeziehen."

„Das hört sich gut an, Rolf", äußerte Marie-Luise, „ich danke dir, dass du dazu bereit bist, und hoffe, dass alles gut funktioniert."

„Das wird schon, Marie-Luise", ermutigte er sie, „auch ich hoffe, dass alles läuft, wie von uns geplant, und freue mich, wenn du in meiner Praxis tätig wirst."

„Super, Rolf", sagte sie und gab ihm einen Kuss, „ich bin müde, hatte heute viel zu tun und will ins Bett."

Alles verlief, wie von Rolf angekündigt. Nach drei Monaten konnte Marie-Luise ihren Behandlungsraum beziehen und erste Patienten therapieren. Um die Kinder von Kindergarten und Schule abzuholen und für sie zu kochen, hatte sie ein Au-Pair-Girl eingestellt. Sie hieß Véronique, kam aus einer kleinen Stadt in der Nähe von Paris und war sehr hübsch; sie konnte äußerst kurzfristig zur Verfügung stehen. Da sie viele Geschwister hatte, verstand sie gut, mit den Kindern umzugehen, die sich rasch an sie gewöhnten und sie auch mochten. So startete Marie-Luise mit ihrer Praxis, was sie sehr freute. Ihren Eltern hatte sie nicht davon erzählt, dass sie in der Praxis Rolfs beruflich tätig war. Das erste halbe Jahr gefiel ihr äußerst gut. Rolf kaufte ihr auch ein Auto, damit sie auf den Wegen von und zu der Praxis unabhängig von ihm war und nicht den Bus benutzen musste, wenn ihn noch Verpflichtungen in der Praxis hielten.

Waren die beiden nun wieder enger zusammengerückt? Langweilte sich Marie-Luise weniger? Was sie im Grunde wusste, wurde ihr nach Ablauf des ersten halben Jahres noch viel klarer: Rolf hatte sie in seiner Praxis angestellt: Er war nicht mehr nur ihr Ehemann, nun war er auch ihr Chef. Je mehr ihr das bewusst wurde, desto mehr machte ihr diese Tatsache zu schaffen. Was wäre denn, wenn sie nicht mehr bei ihm arbeiten wolle oder sie sich nicht mehr vertragen würden? Ihm zu kündigen wäre doch ein Affront, der auch ihre Partnerschaft berühren könnte. Denn nach allem, was er für sie in der Praxis bewirkt habe, werde er kaum verstehen, wenn sie bei ihm nicht mehr praktizieren wolle. Marie-Luise musste erkennen, dass sie von Rolf noch abhängiger war als zuvor, obwohl sie arbeitete und Geld verdiente.

Auch hatte sie den Eindruck, dass Rolf mit ihrer Einbeziehung in seine Praxis sich Freiräume erkauft habe, die er vorher nicht hatte. Denn er kam abends nochmals später nach Hause und war in der Woche nicht nur bei Stammtisch und Tennis, sondern noch ein weiteres Mal allein unterwegs. Insofern hatte sich an ihrer Langeweile nichts geändert, sobald die Kinder ins Bett gebracht worden waren, sie nichts mehr im Haus zu tun hatte, da Véronique ihr viel

Arbeit abnahm, und sie dann auf ihren Gatten wartete. Nun fühlte sie sich nicht mehr nur abhängig,
sondern auch eingesperrt und vor allem nicht von
ihm ernst genommen.

Vor diesem Hintergrund kam sie zu dem Entschluss, an den Abenden, an denen Rolf unterwegs
war, ebenfalls Ausgang zu nehmen und sich entweder mit Freundinnen zu treffen oder im Stadtzentrum zu bummeln oder in der Wald- und Wiesen-
umgebung der Siedlung spazieren zu gehen.
Letzteres war allerdings primär für Sommerabende,
wenn die Dunkelheit später am Abend hereinbrach.
Die Beaufsichtigung der Kinder war Véronique bereit zu übernehmen, die an den Tagen ausging, an
denen Rolf und Marie-Luise zu Hause waren, und
an den Wochenenden. Von daher hatte Rolf keine
Einwände, wenn Marie-Luise an denselben Abenden ausging wie er; denn für die Kinder war mit
Véronique gesorgt.

Als Befreiung empfand Marie-Luise ihre abendlichen Treffen mit ihren Freundinnen bei leckerem
Essen und anregenden Gesprächen. Viel hatten sie
sich zu erzählen – dies war ein großer Genuss für
sie. Die Beziehung, die Richard zu „seinem See"

hatte, war für Marie-Luise kein Thema. Ihre Ruhe in der Natur fand sie in dem Wald und auf den davor gelegenen Wiesen, die sich zwischen Siedlung und Wald befanden und auf denen im Frühling und Sommer viele bunte Blumen blühten.

Von der Siedlung etwas entfernt, lag ein anderer See, der klein und von Schilf umgeben war, doch einen schmalen Zugang für Spaziergänger und auch Wanderer bot, wenn sie sich im Sommer mit einem Bad erfrischen wollten. Marie-Luise wollte einmal bei Vollmond baden und hoffte im Sommer auf einen warmen Abend mit klarem Himmel, um im Mondschein baden zu können. Der Sommer schenkte ihr diesen Abendhimmel, und sie machte sich, als es dunkel wurde, etwas später als sonst mit einem Handtuch auf den Weg.

Als sie durch die Lücke im Schilf an das schmale Ufer trat, schaute sie nach dem Mond und entkleidete sich. Dann sprang sie ins Wasser und schwamm auf dem Rücken zu dem ihr gegenüberliegenden Ufer. Dort legte sie sich ins warme Wasser und blickte verträumt in das Licht des Mondes, der am Himmel wie eine Lampe stand. Plötzlich vernahm sie knackende Äste und raschelndes Laub.

Offenbar war noch jemand anderes in der Nähe des Sees. In Jeans und mit nacktem Oberkörper trat ein junger Mann an das Ufer, an dem sie im Wasser lag. Als sie ihn sah, erschrak sie, schwamm in die Mitte des kleinen Sees und starrte ihn an.

„Hast du Angst vor mir?", fragte er sie.

„Du hast mich erschreckt. Wer bist du? Was willst du?", entgegnete sie ihm.

„Sorry, wenn ich dich erschreckt habe. Ich heiße Till und bin Patient bei deinem Mann. In seiner Praxis habe ich dich gesehen. Du bist die Krankengymnastin. Stimmt's?"

Sie nickte und wollte wissen: „Wie kommst du wie ich hier an diesen See? Verfolgst du mich? Bist du ein Stalker?"

„Als ich dich das erste Mal in der Praxis sah, hattest du einen ganz traurigen Blick", erklärte er, „ob du unglücklich bist, habe ich mich gefragt und dich öfter durch die Stadt bummeln sehen oder allein im Wald und auf den Wiesen spazieren gehen."

„Wie kommt es, dass du mir jetzt hier gegenüberstehst?"

„Ich habe vermutet, dass du wie ich Nächte bei Vollmond an Seen liebst", antwortete er mit weicher Stimme und ging ein paar Schritte im See auf sie zu.

„Was willst du jetzt?"

„Störe ich dich? Soll ich wieder gehen?"

„Willst du mit mir hier baden?"

„Du bist schön", flüsterte er.

„Das war nicht meine Frage", gab sie zurück.

„Jetzt siehst du glücklich aus. Komm, wir schwimmen um die Wette ans andere Ufer!"

„Ich zähle bis drei und sage ‚Los'."

„Ist O.K."

Marie-Luise gab den Start, und die beiden plantschten und spritzten auf die andere Uferseite zu. Till war schneller als sie und nahm sie in seine Arme, als sie dort ankam. Dann ging alles rasend schnell. Sie küssten sich mit Leidenschaft und liebten sich innig im Licht des Vollmonds. Ein Handtuch hatte sie ja dabei.

Nach einer guten halben Stunde verschwand der Mond hinter den Bäumen. Der kleine See fiel in Dunkelheit, die die beiden aus ihrem Rausch erweckte. Wortlos standen sie auf und zogen sich wieder an. Dann gaben sie sich einen Abschiedskuss und gingen auseinander, ohne sich irgendetwas zu sagen. Marie-Luise hatte ihr Handtuch unterm Arm und eilte durch den Wald und über die Wiese zurück nach Hause. Sie war überrascht über sich selbst und bekam im Nachhinein sogar Angst vor ihrem eigenen Mut. Dieser junge, knackige Kerl hatte sie verführt! Seiner Versuchung war sie erlegen; denn die Möglichkeit, ihrer Leidenschaft an einem warmen Sommerabend mit einem Mondscheinbad zu frönen, hatte sie selten, vielleicht sogar nur dieses Mal. Darauf wollte sie nicht verzichten und gab sich dem Bengel hin, den sie nie wiedersehen wollte – das wäre ihr zu viel geworden.

Zu ihrem Haus gelangte sie über den Garten und vernahm, wie Rolf und Véronique sich auf der Terrasse in der Hollywoodschaukel vergnügten. Der Vollmond hatte sie offenbar alle verrückt gemacht. An den beiden schlich sie sich vorbei zum Hauseingang, trat ein, wusch sich und ging zu Bett. Als Rolf sie nach einer Stunde überrascht dort fand, schlief sie schon tief und fest. Tatsächlich sah sie Till nie mehr wieder – auch nicht als Patient bei Rolf in seiner Praxis. Ob er überhaupt Patient dort war? Rolf auf sein Techtelmechtel mit Véronique anzusprechen, wagte sie nicht und setzte darauf, dass dies einmalig war wie bei ihr und Till - damit hatte sie tatsächlich Recht.

Katharina

Katharina, Marie-Luises und Richards Schwester, war in der Schule insbesondere beim Malen und Zeichnen sehr gut; sie war die künstlerisch Begabte der drei Geschwister. Wie Marie-Luise machte sie ein vorzügliches Abitur. Auch für Katharina sahen die Eltern kein Studium vor. Eine Ausbildung zur Designerin musste genügen. Diese Möglichkeit bot die Hochschule, die sich in ihrer Heimatstadt befand.

Im Unterschied zu Marie-Luise wirkte Katharina eher burschikos mit kurzen blonden Haaren, blitzenden, hellen Augen, einer Stupsnase und einer äußerst sportlichen Figur. Katharina war agil und mit großem Vergnügen permanent in Bewegung. Für das junge Werbebüro, in das sie nach ihrer Ausbildung eintrat, war das eine wichtige Voraussetzung, um am Markt bestehen zu können. Schon während ihrer Ausbildung lernte sie Peer kennen, der ein halbes Jahr früher fertig war als sie und in demselben Werbebüro wirkte. Peer, etwa so groß wie Katharina, war ein schöner Mann, immer gut angezogen, gepflegt, recht redselig und außerordentlich kreativ, was Katharina gut gefiel. Umgekehrt schätzte Peer ihre Geschäftstüchtigkeit, die beachtlich war, und ihre Spontaneität. Mit Katharina steigerte das Büro seine Umsätze, das seine Schwerpunkte beim Bürgermeister, bei den kulturellen Einrichtungen der Stadt und im weitesten Sinne beim Sport hatte. Oft saßen die beiden noch spät in der Nacht zusammen, um ein Projekt rasch noch abzuschließen – der Druck war oft sehr hoch. So kamen sie sich näher und beschlossen, da sie sich gut verstanden, zusammenzuziehen.

„Hast du schon einmal mit jemandem zusammengelebt?", wollte Peer wissen, „oder ist für dich das etwas ganz Neues?"

„Nein, noch nie. Ist für mich neu", antwortete Katharina, „ich bin sehr gespannt und neugierig, was das mit uns beiden machen wird. Doch ich bin sicher, wir passen gut zusammen", setzte sie fort, „oder hast du Zweifel?"

„Nein, die habe ich nicht", äußerte Peer, „ich habe schon öfter mit jemandem zusammengelebt – meistens waren es Freunde. Um so mehr freue ich mich auf dich."

„Bin ich deine erste Freundin?"

„Vor langer Zeit hatte ich mal eine Freundin", teilte er ihr mit, „aber zusammengewohnt habe ich mit ihr nicht."

„Na, dann lass uns eine Wohnung suchen. Drei Zimmer sollten reichen", meinte Katharina, „mehr können wir uns aktuell auch nicht leisten."

In der Nähe des Werbebüros war diese Wohnung auch bald gefunden und angemietet. Unter dem Dach war sie gelegen mit ein paar Schrägen; das gefiel den beiden und, nachdem sie renoviert war, zogen sie als Verlobte in die Wohnung ein; denn ohne diesen Status hätten sie diese nicht bekommen. Ohne Verlobung hätten Katharinas Eltern dem Vorhaben auch nicht zugestimmt, dass sie mit Peer in eine Wohnung zog.

Um sich zu verloben, hatte Peer zwei Monate vorher bei ihren Eltern um Katharinas Hand angehalten. So gepflegt und anschmiegsam, wie er sich gab, hatten die Eltern keine Einwände. Über eine Stunde hatte er mit ihnen sehr versiert über Kunst und Gestaltung im 20. Jahrhundert geredet und über deren

Wurzeln im 18. Jahrhundert. Der Vater war begeistert über so viel Bildung, mit der ihn Peer auf einem Fachgebiet verwöhnte, mit dem er nicht vertraut war. Die Mutter überraschte, was er erzählte, und freute sich an Peers Begabung, Kunstgeschichte so zu vermitteln, dass sie ihn verstand. Viel Anerkennung und Applaus gab es am Schluss des angeregten Gesprächs. Hätte Peer jetzt gefragt, ob er Katharina ehelichen dürfe, wäre das wahrscheinlich kein Problem gewesen, sondern begeistert begrüßt worden. Während dieser ganzen Stunde saß Katharina neben Peer und hielt die Füße still. Wenn sie das Wort ergriffen hätte, wäre es mit der Begeisterung ihrer Eltern, wie sie befürchtete, möglicherweise vorbei gewesen.

Hatten die Eltern im Zuge der Verlobung einen aus ihrer Sicht fantastischen Eindruck von Peers und Katharinas Partnerschaft gewonnen? Tagsüber und oft bis tief in die Nacht gemeinsame Arbeit an Projekten des Büros und im Anschluss daran Austausch und Gespräche über Theorie der Gestaltung in Geschichte und Gegenwart? Da entstehe etwas, äußerte der Vater euphorisch, eine Symbiose aus wechselseitiger Befruchtung, wie er sie nicht kennen würde. Der Mutter blieb allein die Frage, ob die beiden auch Kinder wollten, die sie wie Engel zusätzlich beflügelten. Das müsse sie den beiden überlassen, beschwichtigte sie der Vater, die Produktivität der Arbeit, die die beiden auszeichnete, sei auch eine Form von Leibesfrucht – eben nach Künstlerart. Dem fügte die Mutter nichts hinzu und hätte dies auch nicht gewagt, wenn sie anderer Meinung als er gewesen wäre.

Aber wie lebten sie eigentlich zusammen? Diese Frage stellte sich Katharina. Über Liebe hatte sie mit Peer noch nie gesprochen. Auch Leidenschaft oder Begehren empfand sie nicht, was aber auch bei ihm nicht zu erkennen war. Als harmonisches Paar, das nach außen hin vorbildlich miteinander auskam, überzeugten sie alle, die auf sie trafen. Dass ihre Partnerschaft emotional eher leer und nicht mehr als ein Projektteam war, das merkte kaum jemand. Ob das, was Partnerschaft ausmache, soweit sie darüber gelesen hatte, erst mit der Eheschließung wirksam werde, wusste Katharina nicht. So beschloss sie, Peer zu verführen, um zu erfahren, ob Sex tatsächlich erst zwischen Ehepartnern von Bedeutung war.

Als sie eines Abends nur mit Korsett bekleidet bei Kerzenlicht und mit Moschus kräftig parfümiert im Wohnzimmer auf ihn zuging, fragte Peer, ob sie jetzt zum Baden gehen wolle und er seine Badehose holen solle. Laut lachte sie auf und rief: „Ich will dich verführen."

„Was möchtest du?", fragte er zurück, „verführen willst du mich?"

„Dürfen wir erst, wenn wir verheiratet sind?", antwortete sie.

„Das weiß ich nicht", sagte er, „aber verführen kannst du mich nicht."

„Warum?", reagierte sie erstaunt, „lehnst du mich ab?"

„Auf keinen Fall - im Gegenteil! Doch Verführen ist meine Sache. Ich komme deshalb auf dich zu."

„Das wird dann sein, wenn wir verheiratet sind – also mit Eheschließung?", laut lachte sie auf und zog sich verstimmt eine beige Strickjacke an.

Er schüttelte den Kopf und versuchte sie zu beschwichtigen: „Das wird schon, Katharina, unter Druck setzen lasse ich mich aber nicht."

„Doch ich will jetzt", gab sie voller Ungeduld zur Antwort, „lässt sich da gar nichts machen?"

Peer nahm sie in die Arme und biss ihr ins Ohr: „Nicht so stürmisch, Süße, wir kommen miteinander noch zum Sex – keine Sorge!"

Von der Beziehung mit Peer fühlte sie sich überfordert; das ärgerte sie. Doch sie sah keinen Sinn darin, Kraft auf ihren Ärger zu verschwenden, um sich am Ende noch viel mehr zu ärgern oder sogar zu verzweifeln. Deshalb arbeitete sie noch mehr als bisher – auch mit Peer – und wartete auf die Eheschließung. Ihre Eltern waren glücklich über ihn; oft luden sie die beiden ein.

„Wann heiratet ihr denn endlich?", fragten Katharinas Eltern eines Tages etwa ein halbes Jahr nach der Verlobung.

„Daran denken wir schon die ganze Zeit", äußerte Peer, „ihr seid erfahrener als wir. Ist es in Ordnung, wenn man sehr bald nach der Verlobung heiratet – gibt es da Fristen?"

„Bei zwei so wunderbaren Menschen, wie ihr es seid, die sich gegenseitig so ernst nehmen, ist das doch kein Problem", antwortete der Vater, und die

Mutter pflichtete ihm bei, „wer oder was sollte eurer Hochzeit entgegenstehen?"

Katharina und Peer lachten auf, als sie das hörten, sahen sich an und äußerten unisono: „Mit eurem Segen machen wir das. Besten Dank für eure Ermutigung!"

Eine solche Szene war auch im traditionellen Umfeld der Eltern Katharinas selten. Wie sich die beiden dem Wort ihrer Eltern unterwarfen, mutete lächerlich an - das war einfach nicht mehr zeitgemäß. Doch angesichts ihrer Not, zu einer Partnerschaft zu kommen, war es den beiden bitterer Ernst. Dies erklärten die Erleichterung und der Dank, als Katharinas Vater die Hochzeit freigab. Peer war Waise. Seine Eltern hatten einen Autounfall, bei dem sie tödlich verunglückten. Geschwister hatte er keine und war völlig auf sich allein gestellt. Von daher bot ihm Katharinas Familie eine Art Ersatz.

Katharina griff die Vorbereitungen für ihre Hochzeit umgehend auf, während Peer sich ins Büro zurückzog und seine Projekte pflegte. Zur Feier der Hochzeit beizutragen, sah er sich nicht imstande. Manchmal weckte er den Eindruck, dass er gar nicht wirklich wollte. Doch das wischte Katharina in ihrem Eifer gleich vom Tisch. Ihr lag daran, anlässlich ihrer Hochzeit ein Fest zu organisieren, das seinesgleichen suchte. Das Schlösschen, dass sich prominent auf einer Anhöhe nahe der Stadt befand, sollte als Standesamt und als Ort der Festlichkeiten dienen. Der Raum, der der Abwicklung standesamtlicher Aufgaben galt, befand sich neben dem Saal, der oft als Festsaal in Anspruch genommen wurde. Für die vermutete Anzahl der Gäste war dieser Festsaal aber zu klein. Deshalb fanden Festmahl und der sich anschließende Ball im Freien statt; das erlaubte die frühsommerliche Witterung, die die Festgesellschaft auch am Tag der Hochzeit verwöhnte.

Insgesamt zweihundert Bekannte, Freunde, Verwandte waren geladen und versammelten sich um eine hufeisenförmige Tafel, die mit Blumen und Kerzen in allen Farben bunt geschmückt war. Mit einer weißen Pferdekutsche fuhr das Brautpaar vor – zwei Schimmel zogen das Gefährt. Peer trat in einem rosafarbenen Anzug mit einer goldenen Plastikkrawatte auf das Podest, um die Gäste zu begrüßen. Katharina folgte ihm in einer roten Lederjacke, weißer Rüschenbluse, dunkelblauem Minirock, unter dem Strumpfstrapse hervorlugten, und mit hochhackigen, silbernen Schaftstiefeln. Da die Mehrzahl der Gäste in künstlerischen Milieus tätig war, hatten sich viele farbig und fantasievoll gekleidet, so dass die dunkel gekleidete Verwandtschaft von Katharina wie auf einem Begräbnis wirkte; zudem war ihren Eltern anzusehen, dass sie die bunte Pracht sehr irritierte, die das Brautpaar und die Gäste zum Besten gaben.

Nach der standesamtlichen Trauung begann ein rauschendes Hochzeitsfest mit - mehrgängig - bestem Essen und ganz vorzüglichen Weinen. Mit Feuerwerk, bester Laune und wildem Tanzen dauerte der Ball bis in die frühen Morgenstunden an. Die Musik war bis in die Stadt zu hören, so laut war sie. Die ältere Generation verließ das Fest bald nach Mitternacht, die jüngeren Festgäste blieben bis zum Schluss. Erschöpft zogen sie sich für die verbleibenden Morgenstunden in Hotelzimmer und Wohnungen zurück, um sich auszuruhen oder zu schlafen. Nur die Frischvermählten übernachteten im Schlösschen und zeugten im Schlafgemach ihren Sohn Leander; er blieb ihr einziges Kind. Die Zeugung in der Hochzeitsnacht war wunderbar inszeniert. Die Einmaligkeit dieses Ereignisses ließ kein weiteres dergleichen zu - darüber waren sich die frisch Getrauten in vollem Umfang einig. Zwei Jahre nach Leanders Geburt wurde die Mutter Katharinas hochgradig überrascht, als sie an einem späten Samstagnachmittag ihre Tochter mit einer Freundin auf einer Parkbank schmusen sah. War Katharina ganz anders als sie und Marie-Luise ausgerichtet? Danach sah es aus.

„Bleibt es bei Leander als eurem einzigen Kind?", fragte die Mutter, als Katharina dann zufällig einmal bei ihr war; das war ein paar Wochen nach der Begegnung mit ihrer Freundin auf der Parkbank.

„Ach ja", antwortete Katharina, „mehr sehe ich gegenwärtig nicht. Vielleicht bleibt es auch dabei."

„Für mehr Kinder seid ihr nicht zu haben", stellte die Mutter fest, „ihr seid anders, ganz anders. Habe ich recht?"

Katharina nickte und weinte ein bisschen.

„So ist es eben", sagte sie, „Peer und ich sind vom anderen Ufer", und war plötzlich verschwunden. Als die Mutter dem Vater davon erzählte, winkte er mit den Worten ab, nie hätte er gedacht, dass sich dies so verhalte.

Schwestern

Ein Jahr nach ihrer Begegnung mit Till verabredete sich Marie-Luise mit Katharina in ihrem Haus am Rand der Stadt zu einem Kaffee. Zu diesem Zeitpunkt war Katharina zwei Jahre verheiratet und Leander fünfzehn Monate alt. Seit Katharinas Hochzeit hatten sich die beiden immer wieder mal bei ihren Eltern gesehen, aber dabei nie eine Gelegenheit gefunden, sich ausführlicher über ihr Leben auszutauschen.

„Du bist mittlerweile im Beruf", sagte Katharina, „das hat mir eine Freundin erzählt. Wissen Mama und Papa davon auch?"

„Ich habe ihnen nichts erzählt", erwiderte Marie-Luise, „du kennst ja ihre Auffassung zur Berufstätigkeit von Müttern und Frauen. Aber dass du arbeitest, war für sie offenbar kein Problem."

„Mama und Papa waren begeistert von Peer und glücklich über unsere Partnerschaft. Dass ich berufstätig bin, kam dabei nie zur Sprache."

„Merkwürdig", äußerte Marie-Luise, „das spielt doch sonst immer eine Riesenrolle. Warum begeistert Peer unsere Eltern?"

„Er ist ein vorzüglicher Kenner der Design- und Kunstgeschichte des 20. Jahrhunderts. Papa schätzt ihn über alles als ausgezeichneten Experten in diesem Fach. Die Gespräche mit Peer beglücken ihn. Jeden Monat werden wir beide von den Eltern zu einem abendlichen Dinner eingeladen, eigentlich aber nur Peer."

„Ist dir das nicht unangenehm, dass es immer nur um Peer geht, aber nie um dich?"

„Ich bin froh, dass wir Mama und Papa glücklich machen können."

„Es gibt auch Themen, mit denen ihr sie überrascht …"

„Wie kommst du darauf? Hat Mama mit dir gesprochen?"

„Nein! Aber wenn ich mir deine familiäre Situation vor Augen führe, kann es kaum anders sein. Auch deine Hochzeit gab mir zu denken."

„Ja, wir sind anders als du und Rolf. Seid ihr miteinander glücklich?"

„Wir haben dafür allen Grund: Eine erfolgreiche Praxis, ein eigenes Haus, aber vor allem vier prächtige Kinder. Auch wenn wir Mama und Papa nur selten sehen, bin ich davon überzeugt, dass sie mit uns zufrieden sind. Denn im Hinblick auf Familie sind wir mit Sicherheit vorbildlich."

„Wie schön für dich. Aber warum arbeitest du? Bist du dir als Mutter nicht genug?"

„Ich bin gerne Mutter. Doch um die Partnerschaft mit Rolf auch beruflich zu untersetzen, dafür eignet sich meine Ausbildung sehr gut. Als er mir diese Möglichkeit in seiner Praxis anbot, habe ich zugesagt."

„Warum hast du nicht selbst eine Praxis eröffnet? Dann wärst du viel freier und unabhängig von deinem Mann."

„Bestens aufgehoben fühle ich mich in der Praxis von Rolf …"

„… das nehme ich dir nicht ab, das ist nicht wahr", unterbrach Katharina und starrte Marie-Luise an.

„Was sagst du da? Was veranlasst dich, so etwas zu behaupten?"

„Was ist mit Till - den kenne ich, er ist ein Bekannter von mir, der hat mir von eurem Bad im Mondlicht erzählt."

„Du glaubst aber auch alles, was man dir einflüstern will. Ich kenne keinen Till."

„Den kennst du nicht?", fragte Katharina erstaunt und hielt ihr ein Foto von ihm vor die Nase und eines von ihr und Till an dem kleinen See. Marie-Luise sah auf die Fotos und schwieg.

„Warum versuchst du mich zu belügen?", war Katharinas Frage, „sei doch ehrlich und gib zu, dass du unglücklich bist mit Rolf."

„Was versteht schon eine Lesbe von ehrlicher Heteroliebe, wenn sie mit einer Schwuchtel verheiratet ist?", fuhr Marie-Luise sie giftig an.

„Du glaubst, dass Schwule nichts von Liebe wissen und sich dazu besser nicht äußern sollten", erwiderte Katharina aufgeregt, „wenn wer was von Liebe weiß, sage ich dir, sind es Schwule."

„Da habe ich große Zweifel. Habt ihr tatsächlich geheiratet? Seid ihr tatsächlich eine Familie? Die Hochzeit, die ihr gefeiert habt, war eine Show, aber hatte nichts mit der Feier einer Eheschließung oder einer Trauung zu tun. Das möchte ich dir nochmals ganz ausdrücklich sagen, damit wir uns nicht falsch verstehen."

„... und du machst dich abhängig von einem Spießer wie Rolf, der nicht deine Liga ist, aber ein erfolgreicher Arzt? Schon zu Beginn deiner Beziehung mit Rolf hat mich das überrascht, dass du dich auf eine solche Type einlässt. Für mich hat sich nichts daran geändert."

„Ist Peer denn treu?", konterte Marie-Luise, „oder ist er alle vier Wochen mit einem anderen Jüngling unterwegs und lässt dich in der Küche stehen? Das würde mich nicht wundern. Auch über dich habe ich gehört, dass du es mit wechselnden Freundinnen treibst."

„Ich bin Peer treu", erklärte Katharina beleidigt, „das schließt ja nicht aus, dass ich Freundschaften mit Frauen pflege, die sich anders darstellen als bei dir. Mich entsetzt das Bild, dass du von queeren Menschen hast – echt krass! Als ob Heteros bessere

Menschen seien und Homos dauererregte Schma-
rotzer, weil sie das herkömmliche Familienbild mit
so viel wie möglich Nachwuchs ablehnen würden."

„Ach Katharina, das habe ich nicht so gemeint. Das
weißt du doch. Wir müssen uns öfter treffen, um
uns wieder besser zu verstehen."

„Gute Idee! Das machen wir", stimmte Katharina
zu, „ich danke dir für deine Einladung. Geschwister
dürfen sich ja auch mal zanken. Bis bald!"

Sie nahmen Abschied und gingen beinahe vergnügt
auseinander.

Neffen und Nichten

Einen Wertekosmos, der an Traditionen des Abendlandes anschloss, wie es hieß, nahmen die Eltern
von Richard und seinen Schwestern für sich in Anspruch. Marie-Luise, Katharina und Richard hatten
Wertvorstellungen, die mit starkem Bezug auf die
persönliche Lebensumgebung vor allem auf die
Freiheit setzten, das eigene Leben möglichst gut
und passend für sich zu gestalten. Jedes der drei Geschwister hatte eine eigene Welt. Was in beiden Generationen der Familie eine untergeordnete Rolle
spielte, war ein unmittelbarer Einsatz in Politik und
Zivilgesellschaft. Die Eltern sahen dergleichen nicht
als ihr Ding, zumal der Vater aus beruflichen Gründen in einer Reihe von Verbänden für gymnasiale
Bildung und humanistische Traditionen tätig war.
Marie-Luise und Katharina zogen berufliche Aktivitäten neben ihrer Mutterrolle vor und Richard sah
neben seinem Beruf die Familie im Mittelpunkt seines Lebens.

Politisch interessiert waren Nike und Victor, die
sich für Klima- und Umweltschutz einsetzten. Galt
dies für die Kinder von Marie-Luise und Katharina

ebenfalls? Wer waren die Cousine und die Cousins von Richards Kindern? Richard hatte als letzter der drei Geschwister geheiratet. Nike und Victor waren deshalb jünger als die Kinder seiner Schwestern mit Ausnahme von Marie-Luises Tochter, Hildegard, die die jüngste der Geschwisterreihe ihrer Familie war, ihrer Mutter äußerst ähnlich sah und Medizin studierte; nach Abschluss ihres Studiums wollte sie Kinderärztin werden. Darüber freute sich Marie-Luise. Hildegard tat das, was sie sich für ihren Lebensverlauf gewünscht hatte. Für Hildegards Studium hatte sich Marie-Luise nachdrücklich eingesetzt.

Ihr Ältester, Herbert, hatte die Meisterprüfung als Schreiner gemacht und ein Geschäft für Neubau und Renovierung erfolgreich aufgebaut. Inzwischen hatte er sieben Beschäftigte und verdiente gut. Verheiratet war er noch nicht. Herbert sah Marie-Luises Vater außerordentlich ähnlich, was bisweilen amüsierte; denn sein Großvater, dem er so ähnlich sah, hatte nichts von einem Handwerker wie er. Holger, der Zweitälteste, sah seinem Vater ähnlich und war als junger Leiter eines Autohandels so geschäftstüchtig wie Rolf. Eine Lehre als Automechaniker hatte er gemacht, als Geselle Autos

repariert und leitete nun als junger Mann ein Autohaus, das er mit viel Glück übernommen hatte; das
stellte eine Herausforderung dar, die nicht unter-
schätzt werden durfte, doch mit der Holger erfolgreich klarkam. Helmut war der Jüngste der drei
Brüder und hatte einige Ähnlichkeit mit der Mutter
von Rolf; er machte eine Ausbildung zum Zahntechniker und entwickelte sich so zu einem Fachar-
beiter. Drei Jahre arbeitete er bereits in einem Zahnlabor für Prothesen und Zahnersatz und strebte nun
Aufbau und Leitung eines eigenen Labors an. Leander, Katharinas Sohn, hatte in der Stadt einen Club
eröffnet und sich damit einen Namen in der Szene
gemacht. Seine Ähnlichkeit mit Katharina war nicht
zu übersehen. Seine Shows, die er präsentierte, ver-
rieten den Einfluss Peers.

Die Cousins und Cousinen gingen in beruflicher
Hinsicht Wege, die sehr verschieden waren, doch
alle verfolgten ihre Ziele mit großem Ehrgeiz – das
war ihnen gemeinsam wie der Eindruck, den sie er-
weckten, es sehr eilig zu haben und keine Zeit verlieren zu wollen. Über die drei Familien hinweg
hatten sie kaum Kontakt; sie kannten sich unterei-
nander nur wenig. Alle bewegten Sorgen über die

Zukunft der Gesellschaft und der Welt, die Bedrohungen für die jeweils persönliche Zukunft erwarten ließ. Zu Verunsicherung und Angst führten die Entwicklung des Klimas, der Zusammenhalt der Gesellschaft, die sich in alle Lebensbereiche ausdehnende IT, die Folgen der weltweit expandierenden Kluft zwischen Arm und Reich, Naturkatastrophen, Pandemien, Kriege, organisiertes Verbrechen und manches andere. Alle wollten etwas werden und etwas vom Leben für sich haben wie ihre Eltern auch. Stabilität und Sicherheit suchten sie, sahen sich aber einer Welt ausgesetzt, die ihnen diese Werte nicht versprach und nicht versprechen konnte. Solche Befindlichkeiten waren ihren Eltern nicht fremd. Aber diese Sorgen gingen den Eltern bisher nicht so unter die Haut wie ihren Kindern jetzt.

Umfrage

„Wie geht es euch aktuell? Wie seht ihr eure Zukunft?", das war eine Umfrage, die der lokale Radiosender, der sich in Richards Heimatstadt befand, mit Menschen unter und mit Anfang dreißig auf der Straße durchführte. Auch die Generation der Kinder in der Familie Richards wurde dabei befragt. Da Nike und Victor auf Besuch bei ihrem Großvater anlässlich seines Geburtstags waren, gehörten sie dazu.

„Aktuell geht es mir gut. Vor einem halben Jahr habe ich ein Autohaus übernommen", sagte Holger, Marie-Luises zweiter Sohn, „meine Zukunft hängt wesentlich von der Entwicklung des Automarkts ab. Wird sich das E-Auto durchsetzen? Wer kann sich diese Autos leisten? Was ist mit Autos, die mit Benzin oder Diesel fahren; die gibt es ja weiterhin. Wenn ich als Händler da nicht in der Lage bin mitzuhalten, sind die Tage meines Geschäfts gezählt. Ob Reparaturservice mögliche Umsatzeinbrüche kompensieren kann, ist offen - wahrscheinlich nicht."

„Ich studiere Medizin und habe mein Studium bald geschafft", sagte Richards Tochter Nike, „dann freue ich mich, zur Gesundung kranker Menschen beizutragen. Auf ein Fachgebiet habe ich mich noch nicht festgelegt. Das werde ich in meiner Zeit als Assistenzärztin entscheiden. Ärzte werden immer gebraucht. Da mache ich mir keine Sorgen. Pflegekräfte fehlen mehr und mehr. Für Krankenhäuser ist das ein Problem. Auf dem Land wird die Gesundheitsversorgung leider noch viel schwieriger werden. Eine Nachfolge für Praxisärzte, die in den Ruhestand eintreten, gibt es dort bald nicht mehr, so dass viele Praxen nicht mehr besetzt sein werden. Doch meine größte Sorge ist der Klimaschutz, mit dem es nicht schnell genug vorangeht. Wenn da nicht bald genug passiert, wird der Klimawandel schlimme Folgen haben. Davor habe ich echt Angst."

Herbert, der erste Sohn von Marie-Luise, äußerte: „Seit drei Jahren habe ich ein Baugeschäft. Als Schreiner wurde ich Meister in meiner Zunft. Fünf Vollzeitmitarbeiter habe ich eingestellt und zwei Teilzeitbeschäftigte. Aufgrund der Auftragsflut, die ich zu meiner Freude habe, könnte ich zehn Mitarbeiter Vollzeit einstellen. Doch das gelingt mir nicht. Der Arbeitsmarkt für Fachkräfte, die mit nachhaltigem und umweltschonendem Bauen Erfahrung haben, ist leergefegt. Wenn ein oder zwei meiner Mitarbeiter kündigen, um sich beruflich zu verbessern oder selbstständig zu machen, habe ich große Probleme, die Aufträge zu bewältigen, die mich erreichen. Weitere Probleme sind stagnierende Lieferketten für Baumaterialien und deutlich steigende Preise vor allem für Holz. So ziehen sich unsere Projekte in die Länge und werden immer teurer. Wenn das so weitergeht, wird es wahrscheinlich zu einem Auftragsrückgang kommen. In der mittelfristigen Perspektive wäre das schlimm und könnte den Fortbestand meines Geschäfts gefährden."

„Seit fünf Jahren bin ich mit Musik *busy* im Showgeschäft", legte Leander los, „seit zwei Jahren bin ich DJ in einem Club, den ich eröffnet habe – der läuft super. Jedes *weekend* ist mein Laden voll. Alles bestens – auch finanziell. Mich treiben die harten Drogen um, die leider konsumiert werden – auch in meinem Club. Permanent bin ich dabei, mit meinem Team dagegen vorzugehen – nicht *easy*, wenn die Leute Drogen wollen. Ich verstehe nicht, dass Menschen sich so massiv aus dem aktiven Leben kicken und deshalb vor die Hunde gehen. Klar, das Leben ist kein Wunschkonzert, ist oft *just fuck*, geht auf den Keks. Aber sich mit Crack oder Cristal oder Kokain zu verabschieden? *Fucking drugs*! Sind vermutlich auch Flucht: *Bad world is fucking you, as you can feel*. Immer mehr Stress, wird mir erzählt, keine Besserung – im Gegenteil! Kein Job, kein *home*, kein Schotter, alles steht auf der Kippe, null Chancen auf Erfolg. *You never know, what will be happening next day*. Wie kommen wir aus dieser Dauerkrise raus? Oft habe ich den Eindruck, dass es immer schlimmer wird, immer weiter bergab. *Fuck*!"

„Ich studiere Medizin und möchte Kinderärztin werden", sagte Hildegard, die Tochter von Marie-Luise und die Jüngste im Kreis der Cousins, „die erste Hälfte meines Studiums habe ich hinter mir. Ob ich selbst Kinder haben möchte, weiß ich noch nicht. Unsere Welt droht, mit Klimakatastrophen, Kriegen und Pandemien nicht mehr der gute Ort für Kinder zu sein, wie sie ihn für sich brauchen. Allerdings ist Nachwuchs für uns megawichtig. Auf Kinder zu verzichten, ist keine Lösung. Das merken wir schon jetzt. Als bedrohlich empfinde ich zudem die enorme Ausbreitung der Digitalisierung. Was macht das Internet, was macht die KI mit uns? Oft fehlen uns Durchblick und Kontrolle der IT. Vielen IT-Prozessen sind wir ausgeliefert. Risiken, die den Datenschutz betreffen, erkennen wir entweder nicht oder erst viel zu spät. Sind wir noch in der Lage, unabhängig von IT selbstständig zu entscheiden, wenn wir uns auf KI verlassen? Ich fürchte, dass uns dies nicht gelingt. Aber es gibt keinen Weg zurück. Diese Entwicklung macht mir Angst. Wer kümmert sich, dass wir nicht völlig in Abhängigkeit von IT und KI geraten und nicht mehr wissen, was wir tun?"

Victor äußerte sich als nächster: „Ich stehe kurz vor dem Abschluss meines Studiums der Wirtschaftsinformatik und freue mich schon auf den Berufseinstieg. Eine Stelle habe ich bereits in Aussicht und gute Chancen, sie zu bekommen. Ohne IT werden wir die Probleme, die uns bedrängen nicht lösen können. Wie auch? Massenweise müssen Daten erhoben, aufbereitet und verarbeitet werden, um Entwicklungen des Klimas und der Umwelt, der Gesellschaft und der Wirtschaft, der Steuereinnahmen und der Budgets der Länder und vieles andere zu analysieren, auszuwerten und zu prognostizieren. Ohne IT wird das nicht mehr gehen. KI wird uns dabei unterstützen. Die Mehrzahl der Herausforderungen schaffen wir ohne den digitalen Wandel nicht, der – das ist klar – begleitet werden muss. Ein Thema, das ich für sehr wichtig halte, ist die Verkehrswende, die unerlässlich ist, aber noch ganz am Anfang steht. Das Thema ist komplex, für eine Lösung ist vieles zu ermitteln. Ohne Digitalisierung wird da nichts funktionieren. Aber wenn alle an einem Strick ziehen, kommen wir zum Ziel; da bin ich optimistisch. Schließlich haben wir dann alle viel mehr IT- und auch KI-Expertise - davon gehe ich aus."

Helmut als letzter in der Runde der Cousins antwortete: „Ich bin Zahntechniker und kann mir vorstellen, Leiter eines eigenen Labors zu sein. Mit 3D-Druck und KI sehe ich gute Chancen, profitabel zu agieren und den Wettbewerb mit dem Ausland zu bestehen. Um im Bild zu bleiben: Biss habe ich genug und die erforderliche Expertise auch. Ein erfolgreiches Unternehmen – ob groß oder klein – setzt viel Disziplin, hohe Kompetenz, klare Verantwortung und permanente Kooperation voraus. Für die Herausforderungen, die wir bewältigen müssen, brauchen wir diese Werte auch, ohne dass wir als Gesellschaft eine Firma sind. Aber diese Werte setzen wir zu wenig ein, um unsere Probleme anzugehen. Wie auch, wenn jeder seins macht und nichts anderes mehr kennt. Politik ist wichtig, und ohne Politik wird nichts geschehen. Aber Politik allein wird nicht genügen, um die Gefahren auszuräumen, die uns bedrohen. Alle sind gefragt, wenn es um so viel geht. Einfache Konzepte, die wenige Akteure für alle glauben umsetzen zu können, gehen an jeder Realität vorbei."

Noch seine Welt?

Richard hatte die Umfrage mit großer Aufmerksamkeit verfolgt. Die jungen Leute, seine Kinder und seine Neffen wie auch seine Nichte sahen sich von künftigen Entwicklungen stärker herausgefordert als seine Generation, die von deutlich mehr Sicherheit für sich ausgehen konnte und darauf ihre Werte baute. Das war anders in der jüngsten Familiengeneration, deren Werte darauf ausgerichtet waren, Fortbestand und Nachhaltigkeit unserer Gesellschaft und unserer Welt zu retten. Hier ging es nicht um eine Schicht in der Gesellschaft, die ihren Wertekosmos lebte, oder um Individuen, die sich ihre Welten schufen. Alle, die ganze Menschheit, war von Entwicklungen betroffen, die zu Katastrophen oder kritischen Situationen führten, wenn diese Entwicklungen nicht gestoppt werden würden. Insofern zielten alle Werte der jungen Generation konkret auf unser aller Überleben ab, ohne dabei im Einzelnen immer derselben Meinung zu sein wie beispielsweise zu Klima- und Umweltschutz, KI und Digitalisierung, Energie- und Verkehrswende, Gesundheits- und Altersversorgung, Verbesserung der Lieferketten und der Fachkräftesituation und Zusammenhalt unserer Gesellschaft.

Die Brisanz dieser Themen als Werte seiner Kinder wie auch Nichte und Neffen war Richard erst bewusst geworden, als in der Umfrage des lokalen Radiosenders Nöte und Sorgen der jungen Leute ausgesprochen und zum Thema gemacht wurden. Bis dahin hatte er seine Maßstäbe zur Bewertung möglicher Einschränkungen und Katastrophen angelegt, die ihm von seinen Kindern prognostiziert worden waren. Wertewelten sind nicht übertragbar, sagte er sich, was mir vertraut und sicher war, das ist es ihnen nicht. Anders gesagt: Meine Werte sind anders als ihre und passen nicht zueinander. So war es zwischen ihm und seinem Vater auch gewesen, mit dessen „Abendland" Richard nichts anzufangen verstand. Auch fiel ihm schwer, ethisch begründete Ängste der Eltern ernst zu nehmen, wenn diese auf einer Moral beruhten, die sich aus ihrer Sicht schon im Untergang befand. Was seinen Eltern selbstverständlich war, das war es für Richard nicht und das noch mehr, als er selbst Familie und Kinder hatte. Und dann gab es diese Auseinandersetzung mit Nike und Victor um den Familiensitz, das Haus, dessen Verkauf er in Betracht gezogen hatte. Als seine Kinder dem Verkauf des Hauses so ausdrücklich widersprachen, wurden sie ihm fremd. Nikes und Victors Argumenten glaubte er zu entnehmen, dass ihnen viel an Sicherheiten lag; das verstand er damals nicht, aber jetzt. Wie sich der Wertekosmos seiner Eltern erübrigt hatte, drohte nun seine Welt unterzugehen, um von Werten ersetzt zu werden, die den Fortbestand unserer Welt versprechen: Klimabewusstsein, Umweltdisziplin, Digitalisierung, Versorgungssicherheit, Kompetenzbildung und gesellschaftlicher Zusammenhalt. Aber wie sollte alles das nun mit Erfolg gelebt werden?

Wenn Richard sich in seiner Heimatstadt befand, seine Gedanken ordnen und einen klaren Kopf bekommen wollte, ging er zu seinem Freund, dem See, den er gleichsam geläutert nach Stunden wieder verließ, wenn es um schwierige Fragen ging. So tat er es oft als Schüler und als Student in einer Zeit, als seine Fähigkeit, Verantwortung für sich zu übernehmen, von seinen Eltern bezweifelt wurde, ohne dass dazu tatsächlich Anlass bestand. Und er ging nach einer 25-jährigen Pause an den See, als er nach

Nicoles Tod ein anderes, neues Leben begann oder beginnen musste, da sich sein Leben stark verändert hatte. Viel lieber hätte er weiter zusammen mit Nicole gelebt. Das waren Herausforderungen, die er mit „seinem" See in seiner Weise klären konnte.

Nachdem er zum Präsidenten des Landgerichts ernannt worden war, das Haus, der Familiensitz, nicht verkauft wurde und er allein darin wohnte, besuchte er seinen Vater öfter als zuvor. Das hatte er ihm versprochen, als er dessen Angebot abgelehnt hatte, ihn im Haushalt zu unterstützen. Seinem See hatte er anlässlich dieser Besuche seines Vaters stets einen Kurzbesuch abgestattet, wie es sich für Freunde empfiehlt, die sich selten sehen. Doch half Richard jetzt der See, um Klarheit über die Probleme zu gewinnen, die die junge Generation bewegte? Davon war nicht auszugehen. Denn es war alles anders: Statt eines Sees gab es eine Flut des Internets und der sozialen Netzwerke. Richards See war ein Relikt seiner Zeit, deren Bedeutung schwand. Auf Facebook, Twitter und anderen Netzwerken las er nun in oftmals wirrer Abfolge beispielsweise Folgendes:

Die Wirtschaft unseres Landes muss wieder stärker werden und braucht finanzielle Förderung und Unterstützung. Klimaschutz und Energiewende helfen dabei nicht. Keines der großen Länder dieser Erde nimmt diese Themen ernst. Unser Land ist nicht groß genug, um grüne Wirtschaft erfolgreich umzusetzen und im Wettbewerb mit anderen, vor allem großen Ländern zu bestehen. Sämtliche Ansätze, das Klima zu schützen, sind dabei zu scheitern; besonders kritisch sind die Entwicklung des Arbeitsmarkts und die Verkehrswende, die unser Land komplett blockieren wird. Nicht zuletzt – und wohl berechtigt - stellt sich die Frage, ob Klima und Umwelt überhaupt gefährdet sind und ihr Schutz das Ende der Wirtschaft unseres Landes ist. Was hilft weniger CO_2, wenn der wirtschaftliche Untergang der Preis dafür ist?

Der Widerspruch gegen diese Thesen ließ nicht lange auf sich warten. Das Klima unserer Erde ist gefährdet wie noch nie. Gibt es nicht genügend Hitze- und Flutkatastrophen, um zu beweisen, dass es wesentlich die Menschheit ist, die dazu beiträgt und es direkt verursacht? Auch die Vergiftung unserer Umwelt nimmt kontinuierlich zu und zerstört große Gebiete auf allen Kontinenten - auch in unserem Land. Sind das nicht Gefährdungen, die von Menschen ausgehen? Wo und wie wollen wir in fünfzig oder hundert Jahren leben, wenn die fossilen Ressourcen aufgebraucht, Länder, Flüsse, Meere verschmutzt, Luft und Atmosphäre von CO_2 vergiftet sind? Wo bleibt ein Platz für uns, wenn wir nicht handeln und dagegen vorgehen? Schneller als wir denken, sind wir am Ende unserer Wirtschaft, die uns auch nicht hilft, wenn unsere Erde keinen Lebensraum mehr bietet und – weitgehend ausgebeutet - weder Energie noch andere wesentliche Ressourcen zur Verfügung stellt. Der Erwerb neuer Kompetenzen, neue Modelle für Arbeit, Versorgung und Verkehr sind unerlässlich. Mit KI allein können die Probleme nicht gelöst werden.

Viele Ideen, Vorschläge, Irrtümer, aber auch Wahrheiten hörte Richard oftmals aufgeladen mit Ungeduld und Angriffslust der User von Twitter und Facebook, aber auch Angst vor Katastrophen. Ihn überfielen hunderte von Stimmen häufig ohne Sinn, Verstand oder Zusammenhang. Manchmal fand er bedrohlich, was bei Facebook oder Twitter verbreitet wurde, und hielt es oftmals für unbrauchbar.

Denn zu viele User schütteten sich mit ihren Postings lieber aus, anstatt zu diskutieren, schrien sich lieber schriftlich an als aufeinander zuzugehen, mochten nichts voneinander wissen, da sie doch immer Recht hatten, wie sie glaubten, was nicht bezweifelt werden sollte. Das war nichts für Richard, der überzeugt war, dass Lösungen für Probleme nicht lautstark herbeigeschrien werden können und sekundenschnell verfügbar sind. Chancen sah er in Face2Face-Begegnungen und Austausch, in dessen Mittelpunkt einander zuhören und miteinander reden steht – auch mit seinem Freund, dem See. Doch Richard glaubte nicht, dass dies gelingen werde; denn dieser Ansatz war aus junger Sicht vermutlich viel zu sehr „old school".

Und jetzt ...

Aus Richards Sicht folgender Überblick auf die sich anschließenden fünf Jahre, die überraschend gegenwärtig waren: Was ist aus Richards Generation geworden und aus der seiner Kinder, Neffen und der einen Nichte?

Der Vater von Marie-Luise, Katharina und Richard war drei Jahre nach der Berufung Richards zum Landgerichtspräsidenten schwer gestürzt und gestorben. In seinem Haus war er die Treppe hinabgefallen und hatte sich die Halswirbel gebrochen. Tot wurde er am Fuß der Treppe aufgefunden und große Trauer über seinen tödlichen Unfall ausgelöst. Auf seinem Begräbnis, an dem beachtlich viele Kollegen, Schüler, Bürger aus der Stadt und darüber hinaus teilnahmen und auf dem der Ministerpräsident des Landes wie der Bürgermeister der Stadt und die Vorsitzenden der Verbände, in denen der Verstorbene Mitglied war, Lob- und Dankesreden beigetragen haben, wurde der Vater Richards und seiner Schwestern würdig verabschiedet. Im Trauerzug befanden sich auch die Enkelinnen und Enkel, die teilweise schon verheiratet waren oder eine feste Beziehung hatten. Der Stadtpfarrer, der dem Vater und Großvater sehr nahestand, fand als Predigt des Requiems bewegende Worte über Hermann, der mit Gottvertrauen, Standfestigkeit und Zuversicht jedem „Nächsten" gedient und die Menschen, die ihn um Rat fragten, immer ermutigt habe. Hatte ihr früher Tod ihn von seiner Frau Theresa getrennt, fanden sie sich jetzt an ihrer Grabstätte wieder zusammen. In Frieden mögen sie nun ruhen!

Nachdem die Verteilung des Erbes geklärt worden war und das Haus des Vaters geräumt, zogen Marie-Luise und Rolf mit Helmut und Hildegard, die noch bei ihren Eltern wohnten, in den Familiensitz und zahlten gemäß Testament Katharina und Richard aus. In drei Zimmern unterm Dach zogen Herbert und Silke zur Miete ein, die seine Frau und in froher Erwartung war. Katharina setzte ihren Anteil am Erbe für den Kauf einer Eigentumswohnung ein und freute sich daran, dass sich diese in der Nähe des Familiensitzes befand. Beide Schwestern gingen in Verbundenheit zu ihrer Heimat auf und sahen keine Veranlassung, daran etwas zu ändern. Das stellte sich für Richard ganz anders dar. Er füllte seinen Erbteil mit eigenen Ersparnissen auf und konnte sich deshalb mit einem kleinen, altersgerecht gebauten Haus einen ländlichen Ruhesitz beschaffen, der nicht weit weg von der großen Stadt entfernt an einem See lag. An dem See in seiner Heimatstadt war ihm dies nicht möglich. Doch aus diesem Grund sich in seiner Heimatstadt niederzulassen, um „seinem Freund" näher zu sein, das wollte er nicht; dafür war ihm das Leben dort zu fremd geworden.

Konnte Richards Generation auf ein durchaus friedliches, ruhiges Leben blicken, wie sie es gegen Ende ihrer beruflichen Laufbahn erwarteten, stellten sich die Lebensverläufe der Generation von Kindern und Neffen eher bewegt und durchwachsen dar. Neben Erfolgen gab es auch eine Reihe von Rückschlägen:

Nike hatte inzwischen ihr Studium abgeschlossen und war nun in ihrer Ausbildung zur Fachärztin. Sie hatte sich entschieden, Frauenärztin in einer eigenen Praxis zu werden. Kinder wollte sie haben, sobald ihre Zeit als Assistenzärztin an der Klinik beendet war. Mit der Gründung der Praxis war sie auf Unterstützung angewiesen und setzte dabei auf ihren Vater Richard und ihren vermögenden Ehemann - gegenwärtig noch ihr Freund, der allerdings zu einer dauerhaften Beziehung mit ihr bereit und als Orthopäde eine sehr gute Partie war. Große Sorgen machte sich Nike weiterhin, dass die dringend notwendigen Maßnahmen zur Erhaltung eines gesunden Klimas entweder auf sich warten ließen oder nur eingeschränkt in Angriff genommen wurden. Ihre Teilnahme an Demonstrationen verstärkte sie und wurde Sprecherin der Initiative „Frauenärzt:innen für den Klimaschutz"; das brachte ihr Anerkennung ein, erwies sich aber auch als Herausforderung, wenn es darum ging, unterschiedliche Ansätze zur Problembewältigung zu vereinen.

Eine böse Erfahrung machte Victor, als er an einer Demonstration teilnahm, die sich für die Elektromobilität und die umstrittene Verkehrswende einsetzte. Von ein paar Gegendemonstranten wurde er zusammengeschlagen und erlitt Knochenbrüche und eine schwere Gehirnerschütterung; das geschah ein Dreivierteljahr nach dem Antritt seiner ersten Stelle bei einem Beratungsunternehmen zur Infrastrukturentwicklung des öffentlichen und des Privatverkehrs. Sein Studium der Wirtschaftsinformatik, das er mit Bestnoten absolvierte, war dafür eine ideale Voraussetzung. Doch jetzt war er ein Vierteljahr lang nicht arbeitsfähig. Seine Teilnahme an Demonstrationen sah er in engem Zusammenhang mit seiner Tätigkeit. Denn von Politik, die allein auf Analysen von Consultingunternehmen setzte, ohne sich an die allgemeine Öffentlichkeit zu wenden, hielt Victor nichts und musste mit dem Vorfall schmerzhaft erfahren, welche Risiken Demonstrationen bargen.

Ein äußerst trauriges Bild bot Leander, der von einer Krankheit befallen zu sein schien, die sich nicht diagnostizieren ließ. Sein Club war über Jahre sehr erfolgreich gewesen, seine Shows kamen bestens an, bis er eines Nachts auf der Bühne zusammenbrach. Zunächst wurde Erschöpfung als Ursache angenommen; denn Leander war oft am Ende seiner Kraft und machte dennoch weiter. Doch trotz intensiver Behandlung und vielen Bemühungen, seine Genesung voranzubringen, kam er nicht wieder auf die Beine. Vierzehn Tage nach dem Zusammenbruch musste sein Club geschlossen werden; denn ohne ihn lief einfach nichts; da fehlten Antrieb und Struktur. Seine Mutter, Katharina, war sehr besorgt und fürchtete, dass sein Leben gefährdet sei, zumal sich Leanders Zustand weiter verschlechterte. War er dem Drogenkonsum anheimgefallen? Hatte ihn eine Überdosis zu Fall gebracht? Was und wie konnte sie zu seiner Gesundung beitragen? Katharina war ratlos und drohte an seiner Krankheit zu verzweifeln. Auch Peer wusste nicht zu helfen. Im weiteren Verlauf der Krankheit traten Lähmungserscheinungen auf. Leander konnte sich nur noch im Rollstuhl bewegen. Hatte ihn vielleicht jemand vergiftet oder tat es noch? So etwas vermutete Katharina und versuchte zu klären, ob das zutreffen könnte. Doch das gelang ihr nicht. Alle Ermittlungen liefen ins Leere. Erst als Leander nicht mehr aufwachte, sondern tot in seinem Bett gefunden wurde, verstärkte sich der Verdacht einer Vergiftung. Aber wer das war und warum ihm dies jemand antat, blieb ungeklärt. Möglicherweise war das einer der Mitbewerber in der Szene, die bisweilen ziemlich brutal mit Konkurrenten umsprangen. Oder es war ein Dealer, der sich an ihm rächte, weil Leander auf sein Angebot nicht eingegangen war. Vermutlich war es eine Aktion des organisierten Verbrechens.

Aufgrund von Teuerungen musste Herbert mit seinem Baugeschäft einen Umsatzrückgang erleben, der eine schmerzhafte Verkleinerung seiner Auftragslage wiedergab. Diese Entwicklung wurde verstärkt durch Lieferprobleme bei Bodenbelägen, Fensterrahmen, Fliesen, Holz und Isoliermaterial – das alles brauchte lange Zeiten, um zu Baugeschäften versandt zu werden, da es auf den Märkten oft nicht ausreichend zur Verfügung stand. Häufig wurde der Markt auch von großen Mitwettbewerbern leergekauft. Herbert musste Mitarbeiter entlassen, was ihn sehr schmerzte. Damit trat eine Entwicklung ein, die seiner Prognose, dass Mitarbeiter sein Geschäft verließen, widersprach, wenngleich die Auswirkungen auf sein Geschäft dieselben waren. Die Existenz wichtiger Handwerksbetriebe erfuhr so vor Ort starke Beeinträchtigungen. Dass Herbert mit seiner schwangeren Frau zu seinen Eltern in den geerbten Familiensitz ziehen musste, sprach für sich. Die Hoffnung auf Besserung, sofern es sie überhaupt noch gab, wurde zu einer langen Geduldsprobe.

Holgers Autohaus ging bankrott, was in schweren Einbrüchen in seine anfänglich äußerst positive Bilanz begründet war. Böse Stimmen sagten ihm nach, dass er sich massiv verkalkuliert und mit dem Bau eines Pavillons für Neuwagen übernommen habe. Zweifellos war dieses Projekt als ambitioniert zu betrachten. Doch die Nachfrage nach neuen Autos wurde bei Holger vor allem durch die Preisentwicklung gebremst, die für Neuwagen und insbesondere E-Autos rasend schnell in die Höhe ging. Hinzu kam für den Verkauf von E-Autos die mangelhafte Ausstattung von Innenstädten und Wohngebieten mit Lademöglichkeiten. Wer sich für den Kauf eines schon teuren E-Autos entschloss, wurde deshalb von unzulänglicher Energie- und Ladeversorgung schwer enttäuscht. E-Autos empfahlen sich nicht für lange Touren, sondern eigneten sich eher als Zweitwagen für kurze Strecken. Phasen staatlicher Förderungen für den Ausbau von Ladestationen oder für den Erwerb von Elektroautos erwiesen sich entweder als zu kurz oder als ungenügend. Der hohe Spritverbrauch für PS-starke Diesel-SUVs oder Benziner war für viele Käuferschichten zu teuer und stand aktuell politischen Zielen unmittelbar entgegen. Die Entwicklung, die der

Automarkt nahm, setzte Holger unter Druck und mit der Pleite, die daraus folgte, vor die Tür seines Autohauses, was ihm schwer zu schaffen machte.

Hildegard studierte erfolgreich Medizin. Kinderärztin zu werden, war weiterhin ihr Ziel. Ob sie Kinder haben wollte, wusste sie noch immer nicht. Darüber zu entscheiden, war ihr allerdings zu früh. Das habe bis zum Ende ihres Studiums noch Zeit, antwortete sie, wenn sie jemand danach fragte. Unverändert war ihre Furcht vor einer allmächtigen IT, die ihre Selbstständigkeit bedrohte. Richtig Angst bekam sie, als sie einem Phishing-Versuch zum Opfer fiel, der zu einem Leck ihrer Daten führte. Am liebsten hätte sie auf alles verzichtet, was mit IT zusammenhing. Doch das war nicht möglich. Da sie sich in der Medizin auch mit KI befassen musste, wurde es ihr mit dem Studieren manchmal zu viel. Doch das half nicht. Ihre Mutter, Marie-Luise, wurde nicht müde, sie zu ermutigen und sie von einem Abbruch ihres Medizinstudiums abzubringen. Damit würde sie auf große Chancen ihrer Weiterentwicklung verzichten, brachte Marie-Luise ihr bei.

Für die Leitung eines Zahnlabors in seiner Heimatstadt hatte sich Helmut prädestiniert gesehen. Nach den entmutigenden Erfahrungen seiner beiden Brüder Herbert und Holger dachte er nach, ob er es weiterbringen würde als sie. Vorgenommen hatte er sich, mit seinem Labor den Wettbewerb mit der Konkurrenz im Ausland zu bestehen. Zweifel befielen ihn, ob in seiner Heimatstadt die Voraussetzungen dafür gegeben seien. Da er in dieser Hinsicht große Lücken wahrnahm, fasste er den Entschluss, sein Zahnlabor im Ausland aufzubauen, was einfacher erschien, allerdings auch viel Mut erforderte. Doch das hielt Helmut nicht davon ab. Als sein Vertrag mit dem Labor ausgelaufen war, in dem er aktuell gearbeitet hatte, machte er sich auf den Weg. Nach viel Anstrengung und allerhand Bemühungen gründete er sein Labor weit weg von zuhause. Die Chance, die er gesucht hatte, fand er dort wie auch das Glück, sein Labor mit Erfolg zu leiten. Seine Familie war darüber äußerst stolz.

Nein, sagte sich Richard, das ist meine Welt nicht mehr. Nicht dass in meiner Welt immer alles in Frieden oder ordnungsgemäß geschah. Auch in meiner Welt gab es große Probleme, für die es nicht immer passende Lösungen gab. Aber ich fragte mich nicht, ob ich die Welt von heute morgen noch haben würde, stellte er für sich fest, sicher war ich mir, dass die Welt von heute fortbestehe. Die Frage, ob es die Welt von heute morgen noch gebe, stehe heute für alle im Mittelpunkt, die sich deshalb Sorgen machten und in Angst lebten - das seien viele, ja, wie Richard vermutete, sogar die meisten der jungen Generation.

Wohlstand

… und doch gab es einen gemeinsamen Wert der Generation Richards und der Jugend, seiner Kinder, seiner Neffen und seiner Nichte. Wohlstand einte die beiden Generation als einen Wert, an dem beiden Generationen viel lag und der bisher zugleich selbstverständlich war. Wohlstand hatte das Leben Richards und das seiner Kinder stark geprägt. Von daher wurde auch nicht in Zweifel gezogen, dass ein wirksamer Klimaschutz zum bestehenden Wohlstand beiträgt. Dass der Klimaschutz zu Beeinträchtigungen des Wohlstands führen könne, hielten diejenigen für unwahrscheinlich, die sich für den Schutz von Klima und Umweltschutz einsetzten. Grund dafür war, dass der enge Zusammenhang zwischen Wirtschaft und Wohlstand viel zu wenig berücksichtigt wurde und in der weiteren Folge die Verbindung zwischen Steuereinnahmen und gesellschaftlichem Zusammenhalt: Zu wenig Steuereinnahmen aufgrund zu geringer Wirtschaftsleistung stehen der Finanzierung gesellschaftlicher Aufgaben entgegen, so dass Chancengleichheit und Zusammenhalt nicht mehr gewährleistet werden können. Die zu erwartenden Konsequenzen wurden bei Insolvenzen offenbar, wie sie Holger mit seinem Autohaus hatte und Herbert mit seinem Baugeschäft drohten. Dieser Entwicklung sehen sich mehr und mehr Unternehmen ausgesetzt. Die Kredite, die der Staat deshalb aufnimmt, um den Folgen rückläufiger Steuereinnahmen entgegenzuwirken, sind keine Lösung. Auf Dauer kann nur eine starke Wirtschaft die Einnahmeprobleme des Staates lösen. Doch die Wirtschaft in unserem Land ist nicht mehr produktiv genug und international nicht mehr ausreichend wettbewerbsfähig, um die Steuereinnahmen im notwendigen Umfang zu generieren – schlimm genug. Zudem werden diese Probleme Klima- und Umweltschutz beeinträchtigen, wenn Wohlstand, wie erwartet, Bestand haben soll.

„Welche Zukunft hat unser Wohlstand?", fragte Richard Nike und Victor, als sie wieder einmal zusammensaßen, „mittlerweile seid ihr beide berufstätig und verdient gut Geld. Wird das immer so bleiben?"

„Davon gehe ich aus", antwortete Nike, „als Ärztin werde ich doch nicht arbeitslos.

„Das wirst du nicht", erwiderte Richard, „doch was du verdienst, könnte spürbar weniger werden, wenn die Krankenkassen nicht mehr genügend zahlen können und dem Staat die Steuereinnahmen fehlen, um die finanziellen Lücken der Kassen zu stopfen."

„Privatisierung könnte da hilfreich sein", warf Victor ein, „dann lassen sich Leistungen besser differenzieren."

„Gesundheitsversorgung wird dann abhängig vom Vermögen", entgegnete Richard, „das hilft doch nicht. Wer zahlt, wird behandelt. Wer dazu nicht in der Lage ist, bekommt keine Behandlung. Mit Wohlstand für alle hat das nichts zu tun."

„In anderen Branchen ist das auch so", sagte Victor, „Behandlung bekommt jeder – das ist klar. Doch der Umfang der Leistungen ist an Tarifen orientiert. In einigen Bereichen der medizinischen Versorgung haben wir das doch schon jetzt."

„Dann werden wir bald nur noch Privatpraxen haben", äußerte Nike, denn die Bezahlung nach Tarifen dürfte zu finanziellen Risiken führen."

„Eine Frage des Wettbewerbs …", konterte Victor.

„... aber keine Antwort auf meine Frage", unterbrach ihn Richard, „ob und in welchem Umfang Wohlstand fortbesteht. Wie sieht es denn in deinem beruflichen Umfeld aus?"

„Consulting ist privatwirtschaftlich", antwortete Victor, „wir agieren erfolgreich im Wettbewerb ..."

„... aber abhängig von der Finanzkraft eurer Kunden", fiel ihm Richard erneut ins Wort, „wenn es euren Kunden an Geld fehlt, ist auch in eurer Kasse Ebbe."

„... oder auch nicht", erwiderte Victor selbstbewusst, „wenn Consulting für Problemlösungen unerlässlich ist, werden finanzielle Mittel locker gemacht. Wirken sich Steuerdefizite auch auf die Gerichtsbarkeit aus? Oder bleiben hoheitliche Aufgaben wie die Justiz von rückläufigen Steuereinnahmen verschont?"

„Rückläufige Steuereinnahmen betreffen auch uns", antwortete Richard, „wie alle anderen arbeiten auch wir auf Schuldenbasis – nicht zum ersten Mal."

„Wieso auf Schuldenbasis?", fragte Victor.

„Wenn von staatlicher Seite Schulden gemacht werden müssen, um gesetzliche Verpflichtungen zu erfüllen, wird auf Schuldenbasis agiert. Dazu gehören auch die Gehälter von Staatsanwälten und Richtern."

„Das hört sich nicht gut an", äußerte Nike, „denn diese Schulden wird unsere Generation, also wir, wieder zurückzahlen müssen. Für uns bleibt dann entweder weniger Geld oder es wird bei Bildung, Infrastruktur, Kultur oder Förderung von Wirtschaft und Wissenschaft gespart."

„Das ist das Risiko künftigen Wohlstands", gab Richard zurück, „um unseren Wohlstand zu erhalten, sind wir auf Steuereinnahmen angewiesen, die uns absehbar nur eine produktions- und wettbewerbsstarke Industrie ermöglichen kann."

„Und wie kommen wir wieder dahin?", fragte Victor in altklugem Ton, „mit unseren Zielen zum Schutz von Klima und Umwelt muss das ja vereinbar sein. Da helfen uns doch allein KI und Digitalisierung. Oder seht ihr das anders?"

„Bist du dir da sicher?", wandte Richard ein, „reichen Digitalisierung und KI für eine Stärkung der

Wirtschaft? Das glaube ich nicht. Produktionsstarke Industrie erfordert viel mehr."

„Du meinst, es geht auch um ‚Manufacture' und ‚Manpower'?", bemerkte Nike.

„Das auf jeden Fall auch", gab Richard zurück, „aber vor allem muss sich unternehmerische Initiative entfalten können und darf nicht blockiert werden."

„Was ist dann mit Klima- und Umweltschutz", fragte Victor, „steht das dann zur Disposition?"

„Tja", erwiderte Richard, „was meint ihr? Aus meiner Sicht werden wir uns mit der Bewältigung dieser Herausforderungen schwertun. Denn diese Umweltziele scheinen mit einer starken Wirtschaft und Wettbewerbsfähigkeit kaum vereinbar zu sein."

Nike und Victor wollten wissen, was bei Facebook und Twitter zum Thema Wohlstand gepostet wird.

Von Wohlstand werden wir bald nichts mehr wissen. Das wird das Ding einiger weniger in unserem Land sein.

Für die Mehrheit der Bevölkerung wird Wohlstand absehbar der Vergangenheit angehören und zum Fremdwort werden.

Der Verlust von Wohlstand sollte von uns nicht beweint werden. Das ist unsere Schuld, dass es damit bergab geht. Selbstmitleid ist vollkommen unangebracht. Werden wirtschaftlicher Initiative Steine in den Weg gelegt, brauchen wir uns nicht zu wundern, wenn die Finanzämter zu wenig Steuern sehen.

Unser Staat finanziert viel zu viel auf Pump. Aber wenn die Reichen in unserem Land keine Steuern zahlen, ist das doch keine Überraschung. Viel zu viele müssen viel zu viel Steuern zahlen und doch ist es nicht genug.

Was ist mit Klimaschutz? Klimaschutz verspricht keinen Wohlstand wie Wohlstand mit Klimaschutz kaum zu vereinbaren ist. Klimaschutz und Wohlstand schließen sich offenbar gegenseitig aus.

So sieht es aus: Wohlstand braucht eine starke Wirtschaft, die Klimaschutz noch nicht garantieren kann. Unsere Gesellschaft beruht auf der Finanzierung mit Hilfe ausreichender Steuereinnahmen - das bietet Klimaschutz bisher nicht.

Auf Dauer können wir nicht auf Pump leben. Irgendwann ist das rum. Wahrscheinlich schneller als wir es uns vorstellen können. Dann haben wir einen riesigen Schuldenberg und weder ein besseres Klima noch Wohlstand, da Schulden bezahlt werden müssen – und dann?

Wohlstand und Klimaschutz passen zusammen. Ein gutes Klima steigert den Wohlstand, der dann nicht mehr auf Autos, Häusern, Urlauben und weiteren Konsumgütern beruht – ein Wohlstand anderer Art.

Zum Wohlstand gehören auch Frieden und Freiheit – das ist heute nicht immer bewusst, macht aber deutlich, dass Klima- und Umweltschutz mit Wohlstand vereinbar ist.

Uns fehlen die Ideen für neue Wohlstandsziele. Ideell müssen wir stärker werden, materiell wird es nicht mehr. Die bestehenden Wohlstandsziele tragen nicht genug.

Was das denn sein könne, was die Ziele für ein anderes, neues Verständnis von Wohlstand seien, das fragten sich Nike, Richard und Victor, als sie darüber wieder sprachen und die beiden von ihren Informationen berichteten, die sich ihnen auf Facebook und Twitter vermittelt hatten.

„Vielleicht sprechen wir besser von einem guten Leben als von Wohlstand", äußerte Nike, „denn 'Wohlstand' wirkt als Vokabel abgegriffen und ist stark an Entwicklungen orientiert, die der Markt wie auch die Technik versprechen. Beispiele dafür sind Laptops oder Smartphones, aber auch Autos oder Eigenheime."

„Aber ein gutes Leben, das zugleich auf Klima- und Umweltschutz setzt, kann nicht auf eine produktionsstarke Industrie und die daraus erwachsenden Steuereinnahmen verzichten", erklärte Victor, „ein Fokus auf Agrarwirtschaft ist keine Alternative, die trägt."

„In mancher Hinsicht sind wir unterschiedlicher Auffassung", sagte Richard, „unsere Wertvorstellungen passen oft nicht zusammen. Doch wenn es um Wohlstand geht, sind wir einerseits dicht beieinander, dass ein gutes Leben für uns von großer Bedeutung ist. Andererseits wissen wir nicht, ob die Voraussetzungen dafür auf Dauer gegeben sind. Steuereinnahmen in ausreichendem Umfang sind zwingend erforderlich; das setzt eine starke Wirtschaft voraus. Doch trägt eine starke Wirtschaft, die unerlässlich ist, zu Klima- und Umweltschutz bei? Wie wird der Bevölkerung unseres Landes mit Hilfe von Steuern ein gutes Leben gesichert, ohne deshalb von Klima- und Umweltschutz Abstand zu nehmen? Die damit verbundenen Fragen sind bisher noch ungeklärt, müssen aber dringend beantwortet werden. Wer macht das? Wer kann das?"

„Der Rückgriff auf Traditionen allein genügt nicht, um die genannten Probleme zu lösen, die sich im Zusammenspiel von Steuereinnahmen, Wirtschaft, Klima- und Umweltschutz ergeben", stellte Richard fest, „eine Neugestaltung dieses Zusammenspiels steht an, das sich zugleich an neuen Zielen orientiert und im Werden ist. Doch insgesamt erweist sich diese Neugestaltung bis auf Weiteres als große Herausforderung."

Richard sagte seinen Kindern Hilfe und Unterstützung zu. Denn er ahnte, dass sie es trotz hohen Einsatzes in ihren Berufen und für ihre politischen Ziele schwer haben würden. Mehr als das konnte er nicht in die Entwicklung eines guten Lebens für sie einbringen.

Mit den Voraussetzungen für ein gutes Leben und den damit verbundenen Herausforderungen befasste sich Richard weiterhin. Denn er betrachtete die Auseinandersetzung damit auch als seine Sache und nicht als die seiner Kinder. Wenn er in seine Heimatstadt fuhr, um seine Schwestern zu besuchen, begab er sich auch zu seinem Freund, dem See, blickte mit ihm auf sein Leben zurück und fand dort wie früher Klarheit zu den vielen Fragen, die sich ihm stellten. Der See war für Richard eine Quelle gedanklicher Stärkung geblieben – darüber war er froh.